CORROMPRE

DU MÊME AUTEUR

L'INCONNUE, Grasset, 2018.

DERNIERS JOURS, *nouvelles*, Grasset, 2021.

AVANT L'ÂGE, *poèmes*, Grasset, 2024.

CYRIL ROGER-LACAN

CORROMPRE

roman

BERNARD GRASSET
PARIS

Jaquette : Gettyimages

ISBN 978-2-246-83796-1

À Milan Kundera

« Aussi quand je les verrai tomber dans la rivière et prêts à se noyer, au lieu d'aller les chercher et de leur tendre la main, je leur ferai un beau et long sermon sur le mépris du monde et la fuite du siècle, et, lorsqu'ils seront raides morts, j'irai les repêcher. »

François Rabelais, *Gargantua*

« Singesse, je t'ai enlevée parce que je te croyais drôle, et tu pleures toujours !

J'en ai assez, je vais te changer en caillou. »

Jean de Brunhoff, *Babar. Les Vacances de Zéphyr*

« À force de taire ces choses, on les oublie. »

Marguerite Yourcenar, *L'Œuvre au noir*

PREMIÈRE PARTIE

André Desmauges entra sous la douche et ferma les yeux. Ce corps lourd, tassé sous le jet, ce corps d'ombre, sans âge et sans contours, quelle réalité avait-il encore ? Et quelle réalité avaient ces reproches qu'on lui faisait ? Est-ce qu'ils n'en avaient pas tous profité ? Il allait falloir se battre, à présent. Se battre pour quoi ? Il sentait monter en lui une lassitude, un morne dégoût de soi et des choses. L'eau tombait sur ses épaules, ruisselait sur son ventre, ses cuisses. Elle lui faisait du bien. Il bougeait à peine, ne se savonnait pas. De temps en temps, il prenait de l'eau dans ses mains et les passait sur son visage. Le bien, le mal, tous ces cons… Ils prouveraient quoi ?…

Tout ce qu'il avait fait, ou fait faire, ces arrangements, ces combinaisons, ces choses que, sur le moment, on n'appelait jamais par leur nom, ces enveloppes remises sans un mot, ces comptes ouverts par d'autres dans des îles lointaines dont le numéro seul était remis, sans commentaires, à ceux qui, par des montages complexes, les alimentaient… Sans un mot. Ces gens présentés par des gens, Untel est mon ami, l'ami de mon ami vous conseillera bien… Cette longue chaîne de connivence, qui semblait ne jamais s'arrêter et tissait sur le monde une trame magique où l'on trouvait son chemin, guidé par la main invisible des intérêts et des pouvoirs. Qui la retracerait ? Les fils du vrai et du mensonge s'étaient mêlés, fondus, et leur trame elle-même devait disparaître, comme les échafaudages à la fin d'un chantier.

Il avait fait avancer les choses, sans plus. Que savaient-ils du monde, ces juges qui à présent voulaient l'interroger ? Et qui sait s'ils n'étaient pas manipulés par quelqu'un qui, lui, maîtrisait la grammaire des rapports de force, les poids et mesures de l'argent ? À quoi bon tout cela ? On allait affaiblir la France, faire le lit des multinationales étrangères, déballer des choses qui dormaient dans un néant paisible. Lui-même les avait oubliées… Elles n'étaient bonnes qu'à ça d'ailleurs : être oubliées. Elles étaient faites pour ça. Il allait falloir se les rappeler, à présent, pour échapper aux pièges de l'interrogatoire. Cet oubli sans contours dans quoi tout se perdait si naturellement allait devenir un terrain vague couvert de brume, plein de trous et d'accidents, sur lequel on l'entraînerait, attendant qu'il trébuche…

Tous ces cons…

La France qu'il avait connue, qu'il avait servie, à ses débuts, jeune ingénieur du corps des Ponts et Chaussées, lui semblait très ancienne. Des Citroën DS noires, officielles, passaient comme de beaux poissons dans la cascade d'eau tiède que, les yeux fermés, il laissait descendre le long de son visage. Espèce disparue… Elles glissaient silencieuses, conduisant à travers la nuit les notables de l'ordre gaulliste, sentinelles que berçaient des suspensions moelleuses. L'ordre avait ses ennemis, à l'époque : les gauchistes, les soldats perdus de l'OAS… Mais chacun avait sa place dans ce jeu, et en connaissait peu ou prou les règles. Les choses se faisaient d'une certaine manière. Autrement.

Jadis…

Comment savoir, à présent, qui roulait pour qui, pour quoi ? Il avait beaucoup oublié et n'avait rien écrit, pas comme ces types qui prennent des notes, tout le temps, dans des petits cahiers. Comme l'autre idiot, là, le type de la DGSE, le général, qui avait tout noté dans ses carnets… Crétins qui, pour ne rien oublier, façonnent des années à l'avance les aide-mémoire de ceux qui les jugeront. Il avait oublié, lui, et le juge ne le croirait pas. Le juge remonterait les pistes, l'esprit en éveil, il découvrirait des faits, des dates, ferait des recoupements, les lui opposerait, reconstituant ainsi l'armature d'une histoire qui en son temps n'en était même pas une, juste un enchaînement de causes et d'effets dans lequel il avait trouvé son chemin, pour que les choses se fassent. Pas la vérité, mais son squelette : une construction rigide, à laquelle il se heurterait sans doute, pendant les interrogatoires, car ses souvenirs ne s'y accorderaient pas.

Il songeait à sa garde à vue en se savonnant. À ce policier en jeans, déférent mais discrètement goguenard lui avait-il semblé, qui l'avait suivi jusqu'aux toilettes, quand il avait demandé à y aller. « Le règlement, Monsieur... »

Un sentiment d'étrangeté l'envahissait peu à peu. Le temps, pour lui, pour ses amis, pour ses relations, abolissait les actes au fur et à mesure. Du sable sur le sable... Et voici que ce temps révolu devenait objet de perquisitions, de fouilles, d'hypothèses ; que, dans ce brouillard indistinct, des types allaient creuser, assemblant leurs trouvailles selon une logique qui était la leur.

Il sortit de la douche. Le garçon de bain de l'Automobile Club de France lui tendit une serviette. Autour de la piscine, des hommes âgés déambulaient nus, chaussés de mules tressées, un journal à la main dans les vapeurs chlorées. Leurs pas glissaient avec nonchalance sur le marbre, aux abords de la salle de douche. Quand ils dépliaient un quotidien, on ne voyait plus leur buste ni leur visage, mais seulement leurs jambes grêles en dessous du journal, et leurs vieux testicules qui se balançaient doucement.

En les regardant, le barman à qui, enfant, sa mère lisait Babar, se rappelait la scène où les éléphants avaient peint des yeux ronds sur leurs fesses énormes, formant ainsi des figures géantes, incongrues, dont la brusque apparition mettait en déroute l'armée des rhinocéros, saisie d'effroi. La routine de ces importants, mûrie dans les aises de l'Automobile Club, donnait naissance à un autre animal de légende, une sorte d'insecte dont le journal formait la carapace ventrale, anguleuse et fine, et dont émergeaient deux petites pattes blêmes, légèrement arquées.

Place de la Concorde, heureux d'échapper à l'humidité de la piscine, il chercha des yeux sa voiture, qui déjà venait à sa rencontre.

*

On disait « la Compagnie ». C'était un peu désuet, et ils trouvaient ça chic. La fréquentation des pouvoirs, des pouvoirs locaux, des pouvoirs nationaux, des pouvoirs officiels et des pouvoirs occultes, avait peu à peu déposé une patine, un or léger sur une histoire qui se perdait d'autant plus vite dans le passé qu'elle s'était souvent écrite en secret. Cette étiquette vieillotte, tous les rites ampoulés par lesquels de vieux ingénieurs parvenus au sommet de l'édifice s'efforçaient de tenir le quidam à distance, ne suffisant plus à assurer la respectabilité de l'ensemble, on avait fait appel à un historien complaisant, qui avait raconté dans un livre illustré l'histoire de la Compagnie Fermière de France depuis le XIXe siècle. La distribution de l'eau en ville puis celle du gaz, les transports en commun, le traitement des eaux usées et des déchets, le chauffage urbain. Et plus tard les télécoms, l'immobilier, puis, puis… La Compagnie faisait tant de choses à présent, discrètement présente dans la vie de chacun. Dans le livre, les chromos des pères fondateurs, sous le Second Empire, favoris moussus, mines graves et gilets blancs, voisinaient avec ceux des pauvres bougres qui avaient creusé les tranchées des premières canalisations, tournant vers l'objectif leurs bouilles encrassées, leurs regards ahuris par la solennité de l'instant. On avait exhumé les grandes phrases des dirigeants l'époque. Un temps où la combine ne craignait pas de se draper dans l'emphase. C'était devenu plus difficile, depuis : à force de se cacher, de se taire, ils ne savaient plus dire grand-chose. Sauf entre quatre murs, portes fermées, et là ce qu'ils disaient était cruel mais banal. Leurs collaborateurs plus jeunes s'imprégnaient pieusement de ces paroles d'ancêtres aux accents subtils, les répétant d'un air entendu aux collègues, pour marquer surtout qu'ils étaient admis dans l'intimité de quelque chef. Ainsi leurs perfidies couraient-elles les couloirs, sourates polies par la rumeur, lestées, de bouche en oreille, d'une aura grandissante. Cette verroterie verbale, trésor de courtisan, s'échangeait à voix basse.

Ce vernis de mauvaise facture s'écaillait pourtant de façon préoccupante, et l'on ne trouvait pas la parade aux critiques qui, au-dehors, s'accumulaient. Car le dehors, c'était depuis toujours la place des imbéciles, des pigeons, des bons-à-traire. Leur place naturelle. Que le dehors pût faire plus que d'aboyer tandis que passait, silencieuse, la caravane aux rideaux tirés derrière lesquels se nouaient les vrais pactes, c'était très singulier, très neuf. Pourquoi cette critique prenait-elle soudain de l'importance ? Fallait-il vraiment répondre à cette plèbe qui jamais n'avait eu voix au chapitre ? Qui étaient ces altermondialistes qui campaient dans la boue au voisinage des chantiers d'extensions d'aéroports, et se voyaient offrir des tribunes complaisantes par des médias captivés ? « Des prophètes barbus qui rétréciraient au lavage… » avait grincé le président de la Compagnie après en avoir rencontré quelques-uns, qui l'avaient pris à partie et un peu bousculé au salon des maires de France, où il serrait les mains d'élus triés sur le volet avec une componction épiscopale.

Certains délégataires de service public – ainsi les appelait-on – avaient fini par former une sorte de fonction publique secondaire, friponne certes, écoutant aux portes et goûtant les plats à la manière de laquais de comédie, mais habitée par le sentiment de sa mission, et par un respect sincère des communes et de leurs élus. À la façon peut-être de ces peuples de la forêt qui rendent un culte aux animaux qu'ils chassent, et qui les nourrissent. Ou des fermiers généraux, leurs ancêtres, qui d'un même mouvement volaient et servaient l'État. Les services publics, c'était leur métier et ils y tenaient, comme une vieille geisha tient à son maquillage.

*

Quand la voiture d'André Desmauges arriva en bas de l'immeuble de la Compagnie Fermière de France ce jour-là, un petit homme un peu voûté, très proprement vêtu, le regarda approcher. Une forme particulière de concentration se lisait dans son regard. Malgré le masque impassible, un feu singulier y brillait, qu'il s'efforçait de bien régler.

C'était un conseiller sans fonction précise, que l'on croisait parfois à l'étage de la direction. Des cheveux de neige et un œil bleu, inquiet, qui fuyait le regard des autres et vous laissait, quand vous croisiez le sien, un sentiment d'étrangeté et de malaise. Il portait un nom corse. Une politesse exacte, un peu exagérée peut-être, des mots qui semblaient toujours au bord de l'excuse, destinés à ne donner prise à rien.

Ils avaient cela en partage. Se faire plus petit. Se fondre dans les murs. Une façon de dire : « je ne devrais plus être là », et d'y être quand même, sur la pointe des pieds. Une façon de vous dire : « Rien à faire, tu parles plus fort que moi. »

Derrière cette humilité, qui n'était ni feinte ni sincère, mais seulement incrustée en eux, au fil des ans, comme un vêtement que, par superstition, ils n'avaient pas quitté et qui devenait une seconde peau, il y avait autre chose. Il y avait l'arrogance des tireurs de ficelles, qui voyaient le monde comme une scène régie par des lois auxquelles ils étaient initiés. Tous ces gens dont on lisait la vie dans les journaux étaient, au fond, les marionnettes d'un jeu dont ils maîtrisaient quelques ressorts cachés. Ils ne méprisaient pas les institutions, les honneurs, les positions et les places : pour que le jeu se déroulât, il fallait que la scène existât, que des acteurs se dévouassent, et même que demeurât, pourquoi pas, chez certains, l'emploi du subjonctif imparfait. Non, ils ne méprisaient pas grand-chose. D'ailleurs il ne fallait rien mépriser – sauf peut-être les dupes, les dupes vaniteux surtout, mais enfin ce n'était pas le problème. Car mépriser, c'était déjà miner le système, et le système devait durer : les choses étaient difficiles, il n'était pas utile de laisser l'ironie les corroder davantage.

Et puis ils savaient au fond d'eux-mêmes qu'ils auraient été incapables, eux, de briller dans la lumière. Que cette gaucherie, cette banalité qui se cachait derrière leurs rites, leurs soirées entre hommes où s'échangeaient les récits de leurs bonnes fortunes et de leurs mauvais coups, ces libations où il faisait bon se sentir membre de la horde, que tout cela, tiré hors de l'ombre nourricière, ne révélerait que leur médiocrité. Et s'ils l'oubliaient un temps, dans ce ressassement alcoolisé où brillaient leurs exploits, leur gueule piteuse, mal dégrisée, le leur rappelait au matin, devant la glace de leur salle de bains, avant de repartir à l'assaut d'un monde corruptible.

Le visage du petit homme disait tout cela.

Et à certains, il disait d'autres choses. À certains seulement. Il suffisait de le voir saluer quelqu'un pour savoir si des liens invisibles attachaient ce quelqu'un à ce qu'on ne savait pas nommer et qui, à la Compagnie Fermière de France, détenait le pouvoir. Était le pouvoir.

*

À mesure que Desmauges s'approche, le petit homme se dirige lentement vers lui. Il entre de la déférence et de la connivence dans la façon dont il le salue. Leurs mains se serrent, longtemps. Une accolade prête à naître reste en suspens, comme s'ils hésitaient à se la donner là, à ce moment précis, sur le trottoir. Ils échangent quelques mots et des sourires fatalistes, entendus. Puis entrent ensemble dans l'immeuble. Arrivé dans son bureau, Desmauges fait asseoir le petit homme, et la porte se referme derrière eux.

Des étagères laquées d'un rouge sang-de-bœuf, une table imposante, couverte de cuir noir. Une modernité déjà dépassée, lourde et un peu sombre. Le tout très haut de plafond, donnant sur une cour arborée où le jour entre mal. Un lieu vaguement sacré. Il saluait ses visiteurs avec bonhomie, le regard en dessous, complice, goguenard, sa lourde silhouette dodelinant un peu. Puis s'asseyait et les fixait, doigts croisés devant lui. Il était un peu chauve, avec de gros yeux clairs, et rougissait tout le temps. Ses *missi dominici* ramenaient là des quatre coins du monde le récit de leurs récentes combines. Pieds nickelés sillonnant la planète en classe affaires, s'essayant à une cosmocratie douteuse, de Bogota à Kuala Lumpur, d'autant plus grisés par ce soudain appel du large qu'ils trouvaient, à l'autre bout du monde, des gens comme eux, disposés, moyennant rémunération, à leur « ouvrir des portes » vers les pouvoirs locaux. Desmauges les écoutait en silence, l'air patelin, accueillant l'énoncé de leurs manœuvres lointaines et de leurs espoirs de succès par des haussements d'épaules ou de sourcils, par une large gamme de mimiques d'assentiment ou de scepticisme, qui toutes rendaient un culte pensif à la fatalité. Ses bras, son masque disaient : « ça mon vieux, on verra bien… » ou « ça, on n'en sait vraiment rien… », ou « on peut toujours essayer… ». Il lâchait enfin quelques mots, de la voix lasse du lutteur qui sait tous les tours, devine ceux que l'adversaire va lui jouer, pressent déjà l'issue du combat. Et eux de guetter dans ce regard un acquiescement, une marque de complicité, une réprimande même, pourvu qu'elle fût teintée de l'affection paternelle du chef à ses grognards.

*

Assis dans le bureau, Desmauges et le petit homme se regardent quelques instants sans rien dire. La même idée domine leurs esprits : quelque chose ne tourne pas rond. La garde à vue de Desmauges, suivie de celle du conseiller historique du président de la Compagnie, Paul Blancheterre, compagnon de route de toujours qui, trois jours plus tard, meurt d'un infarctus à soixante-douze ans. Puis les affaires de la Côte d'Azur, où tout s'est brutalement détraqué : des sous-traitants locaux, fâchés sur le partage des marchés de travaux, se sont déchirés sur leurs téléphones mobiles. Placés sur écoute, les entrepreneurs de déchets ont raconté des choses effarantes. De fil en aiguille, le système se met à nu : entente généralisée, commissions, fraudes et décharges sauvages, le tout pimenté par la présence de quelques mineures parmi les jeunes femmes chargées d'agrémenter les soirées organisées avec des élus locaux. Des bribes de ces conversations enregistrées sortent dans les journaux, bêtes, imprudentes, triviales. Des caïds locaux s'y épanchent dans un mélange de faconde et de menaces.

Toujours silencieux, Desmauges et le petit homme se regardent... Pour ne pas détailler cette liste d'avanies, chacun cherche un angle pour entrer en matière.

« Le Président t'a parlé ? finit par demander doucement le petit homme aux yeux bleus à Desmauges.

— Il est surtout très affecté par la mort de Blancheterre...

— Est-ce que l'agression de Ferone, le directeur régional Provence-Alpes-Côtes d'Azur, a quelque chose à voir avec ces affaires, à ton avis ? »

Ils se regardent à nouveau en silence. « Je n'en sais rien », bougonne Desmauges. Sans doute..., pense-t-il. Et pourtant une intuition souffle dans son esprit, comme un courant d'air humide : pour lui permettre de déployer ses ailes, on avait proposé à Ferone, l'ambitieux directeur régional, trois ans plus tôt, de s'occuper un peu du développement en Italie. Et de superviser, depuis les filiales italiennes, de nouveaux développements en Asie centrale. Desmauges avait donné des instructions… Mais au fond on ne sait rien. Peut-être tout cela est-il en lien avec les affaires locales. On patauge.

*

Depuis quelques jours, le président de la Compagnie Fermière a donc ajouté, à regret, *La Provence* à sa revue de presse… Assis face à sa table basse, il tient le journal loin de lui, d'un air contrit, sans qu'on sache ce que cette gestuelle doit à sa presbytie, et ce qu'elle exprime de son dégoût ennuyé pour la vulgarité de cette lecture.

« Le Tartarin des poubelles s'est encore lâché au téléphone » dit-il ce matin-là, dans un petit rire sec, à Desmauges, en refermant le journal. Ce dernier regarde ses chaussures, puis le Président, d'un air navré, plein de mépris pour celui dont il est question.

« Ils sont comme ça, là-bas, Monsieur le Président.

— Cinq gardes à vue et trois perquisitions en huit jours…

— J'ai vu Tardito après sa garde à vue. Il était calme. Un peu secoué.

— Il a un bon avocat ?

— Il a pris Manteille. Un bon choix je pense. Je le lui avais conseillé.

— C'est celui qui avait défendu Cochard et Martin au procès de la Guadeloupe ?

— Oui Monsieur le Président.

— Ils ont tout de même été condamnés… On a des nouvelles de l'appel ?

— Pas encore. L'affaire devrait être audiencée rapidement.

— Et vous ?…

— Oh moi. On verra… »

Les deux hommes se regardent. Desmauges rosit légèrement. Le Président a envie de poser plein de questions. Sa curiosité est en éveil. Mais demander, c'est risquer de savoir, et il ne doit pas trop savoir. Pas en détail. Les procédures s'arrêtent pour l'instant à la porte de son bureau, comme l'eau qui monte contre une paroi bien scellée. Il sait que ses vieux collaborateurs ne parleront pas. Les plus fragiles, ceux d'où pourrait venir le danger, il les connaît à peine, ne les voit jamais : pas trop de risque pour lui de ce côté non plus. Le sanctuaire résiste. Ne pas parler, ne pas être cité, ne pas savoir en détail. Et pourtant il brûle de mieux comprendre les imprudences qui peut-être exposent la Compagnie à de nouveaux désagréments, les détails de ces montages qu'il a approuvés d'un battement de cils, d'un silence gardé sur une allusion faite devant lui, et dont l'égout déborde.

Dans les couloirs de l'entreprise, les huissiers le précèdent de quelques instants afin de lui éviter les rencontres fortuites. Connaissant cet usage, chacun rentre de lui-même dans son bureau, et en ferme la porte quand s'annonce un passage présidentiel. Il est d'une ponctualité admirable. Quelques secondes avant l'heure d'un rendez-vous, sa porte s'ouvre et sa courte silhouette se porte avec animation vers le visiteur, main tendue, visage affable. Il s'efface pour laisser passer son invité et l'huissier referme derrière eux la double porte capitonnée. Ce rituel immuable se prolonge alors par quelques mots où se marque une attention précise pour la vie familiale de l'intéressé, quand sa relation avec le Président le permet. Un petit silence lui succède, et une première question lancée à brûle-pourpoint introduit le sujet du jour, assez incisive pour que l'échange s'engage avec un peu d'inconfort pour le visiteur, bientôt suivie par une autre, et ainsi de suite, de façon à ce qu'il soit impossible à l'impétrant de reprendre l'initiative. Desmauges est un des seuls à pouvoir pousser, sans y être invité, la double porte de son bureau. Et avec lui le Président est presque naturel, baissant la garde invisible que ses angoisses montent autour de lui.

Ce matin-là, ils devisent.

« Giuseppe Anziotti a demandé à me parler après les obsèques de Paul Blancheterre, pour lesquelles il vient à Paris. Il me semblait très inquiet. Vous savez pourquoi ? »

Desmauges garde un instant le silence.

« Non… Les affaires là-bas ne vont pas mal. Je crois que Ferone et Puy-Roquette ont parlé d'autres sujets aux Italiens, de notre expansion hors d'Europe, plus à l'est, dans l'ex-Union soviétique. Et que les Italiens ont ouvert quelques portes pour l'appel d'offres du Bouzmirstan, que nous avons remporté il y a six mois : les Italiens avaient des contacts locaux dans les travaux publics. Mais je ne vois pas pourquoi cela viendrait de là.

— Je le recevrai en tout cas. Il a beaucoup insisté. En attendant je pars en cure dans le Sud-Tyrol pour six jours ; je rentrerai pour les obsèques de Paul. »

*

En arrivant, ils enfilaient tous un grand peignoir blanc et des mules en éponge. Et entamaient le lent ballet qui durerait quelques jours, errant dans les couloirs entre un bain bouillonnant et un massage chinois, entre une grande douche et une thérapie à base d'huiles essentielles. L'endroit était un des plus chers d'Europe, quelque part aux confins de l'Italie, de la Suisse et de l'Autriche, dans une ville d'eaux surannée à laquelle ce centre de remise en forme, logé dans un vieux palace, redonnait un peu de son lustre. Une rivière limpide traversait la petite ville. On y honorait le souvenir d'Andreas Hofer, cet aubergiste qui avait hardiment fait de Napoléon son ennemi intime, fusillé par les troupes françaises auxquelles sa guérilla montagnarde avait donné trop de fil à retordre. L'eau verte, écumeuse, descendue des sommets tout proches, coulait entre les branchages dénudés par l'hiver, où quelques canards se serraient les uns contre les autres. Mais les curistes sortaient rarement. Le sous-sol tiède et vaporeux du grand hôtel les absorbait entièrement. « Il faut se laisser dorloter… » disait d'une voix aigre une femme mûre, allongée sur une chaise longue, entre deux gorgées de tisane, à son mari incrédule dont le visage morne, toujours à la recherche d'un journal, indiquait assez qu'il n'y parvenait pas. Mais tous finissaient par lâcher prise. Les corps dont les larges peignoirs masquaient la disgrâce, ne laissant voir que des mollets grêles et vieillis, étaient gagnés par cette passivité nécessaire à l'évacuation du stress, ce monstre qui régnait au-dehors, et dont chacun fuyait là l'impérieuse tutelle. On disait « le stress » avec une intonation particulière, d'un air entendu et réprobateur à la fois, comme les bigotes, dans les sacristies, parlent du diable en baissant la voix… Des jeunes femmes d'allure tonique et assurée, vêtues de blouses blanches qui mettaient en valeur leurs seins fermes, écoutaient ces puissants en jachère leur conter les petites misères de leur vie opulente, dans des conversations où il était question du foie, de l'intestin, de la rate, avant de leur prescrire avec fermeté une nouvelle hygiène de vie. Certains en discutaient le mérite, cherchaient des accommodements, essayant de sauver telle ou telle habitude coupable qui leur était chère, moins par crainte de devoir y renoncer une fois rendus à la vie civile que par un désir, inavoué, de prolonger l'entretien avec ces anges gardiennes dont l'attention sévère et appliquée leur procurait un doux plaisir. Négocier un peu avec elles, les pousser à transiger avec les principes qu'on leur avait enseignés, faire un peu le garnement, n'était-ce pas savourer quelque chose du plaisir que leur aurait procuré un commerce moins innocent, leur laisser entrevoir que l'on y serait pas insensible ? Plus d'une fois, une lueur de vieil enfant pas si sage s'allumait ainsi dans l'œil du curiste au moment où les plus austères renoncements lui étaient prescrits, avec l'espoir secret de se voir appeler « naughty boy » et envoyé, par le truchement de quelque punition, dans le purgatoire régressif où son inconscient s'ébrouait. Mais rien de tel n'arrivait. La jeune femme faisait valoir doucement, sérieusement, que non, ce n'était pas une bonne chose que de continuer à boire trop de café, ou de croquer deux tablettes de chocolat à une heure du matin, d'un air indulgent mais un peu las qui dénotait l'habitude qu'elle avait de ce type de question. Rompant un charme naissant dans l'esprit du curiste, que l'oisiveté rendait un peu chimérique, ces réponses annonçaient la fin de l'entretien. À l'exemple de la douche froide qui achevait certains soins, elles dégrisaient celui qui repartait à petits pas dans ses mules d'éponge, ouvrant d'un air nonchalant le classeur qui ne le quittait pas pour y vérifier l'heure du prochain rendez-vous.

L'argent globalisé coulait vers cette vallée paisible : rejetons grassouillets des grandes familles du Golfe, encombrés d'épouses informes sous le voile ; oligarques d'Asie centrale à la circonférence vraiment ahurissante, incrédules devant des assiettes où quelques légumes oubliés les narguaient, à peine cuits dans des vapeurs savantes ; mantes religieuses botoxées, héritiers blonds du Mittelstand, débris déprimés du Gotha… D'autres encore : quelques chefs mafieux de vieille roche, venus exorciser sans conviction une peur superstitieuse du cancer, plus redouté que la mort violente, flanqués d'épouses dignes et renfrognées qui regardaient les assiettes désertiques d'un air réprobateur ; banquiers centraux vieillis dont le front monétaire et international se plissait gravement quand, chaussant leurs grosses lunettes, ils posaient sur la faune de la vieille salle à manger aux lustres austro-hongrois un regard inquiet, se demandant s'ils y étaient vraiment à leur place. Dans le hall suranné, et autour des berlines sombres du parking, un peuple discret de gardes du corps, de chauffeurs et d'hommes de main tuait le temps à coups de cigarettes et de petites blagues, étranger à ce monde du bien-être aseptisé. Le patron de l'établissement, pour qui ce Gotha interlope n'avait pas de secrets, avait demandé à ses membres de ne pas laisser leurs prétoriens gâcher l'ambiance d'une retraite que hantaient, insaisissables, l'ombre idyllique de Sissi et le fantôme léger de son dernier soupir.

Il n'était pas rare de voir certains visages, tout entiers façonnés par les jeux de pouvoir, s'amollir et se transformer à mesure que la cure progressait. Délivrés pour un temps du fardeau de leurs affaires, invités à « lâcher prise », flottant dans une oisiveté aussi émolliente que la vapeur qui les entourait, abandonnés aux mains expertes, aux potions et aux algues, trempés dans les essences, emmaillotés dans la boue, purgés, étuvés, massés, frictionnés, embrumés, ils changeaient peu à peu. Certains se noyaient dans une tendresse béate, un peu niaise, souriant à tout ce qui portait un peignoir blanc, comme si une secte éphémère de bienheureux s'était formée dans ces sous-sols, pour y découvrir enfin les mérites de la fraternité universelle, dilatée par les bains bouillonnants. D'autres, plus secs, se diluaient dans les effluves du bien-être de la plus étrange façon. La rapacité, la suffisance, l'ambition flottaient au fond de leurs yeux vagues comme des piments dans une soupe fade où on les devinait, jetant çà et là un éclair inquiétant. Ceux-là ne désarmaient pas mais le faisceau qui liait, d'ordinaire, leurs facultés dans un regard maîtrisé, souple, impérieux, poli par l'habitude du commandement et nourri par le feu de l'orgueil, perdait un peu de son unité et de sa cohérence, et révélait le désordre de mauvais sentiments qui en formaient la trame. Certains, enfin, ne lâchaient rien, fidèles à une morgue en tous points semblable à celle qu'ils affichaient au-dehors. Le Président était de ceux-là. Rien ne pouvait détacher son esprit du lacis des « affaires » qui, surgissant avec une concomitance étrange, enfermaient à présent la Compagnie dans un tournoiement de procédures judiciaires et de mauvaises rumeurs. La cure se terminait sans lui avoir apporté les bénéfices escomptés. Sa valise faite, il repartit pour Paris.

*

Un cortège de nuages bas, et le pavé luisant de la cour des Invalides, sur lequel se pressent gauchement des silhouettes drapées dans des imperméables. Des regards échangés, la gravité retenue qui sied aux jours d'obsèques. Un air entendu, propre aux gens importants quand ils se retrouvent. D'autres choses, aussi, dans ces regards : des connivences, des rancunes fossiles, la connaissance plus ou moins fine que chacun a de l'histoire du défunt, de ses manœuvres dont beaucoup de ceux qui arrivent ce matin-là avaient eu à souffrir, un jour ou l'autre. Elles flottent sur ces moments vagues qui précèdent la cérémonie. Tout jeune résistant pendant la guerre, engagé dans l'armée de De Lattre et blessé à dix-neuf ans en Alsace, en 1945, Blancheterre était resté dans les services de contre-espionnage militaire après-guerre et y avait fini une longue carrière, passant notamment par l'Indochine, avant de rejoindre la Compagnie comme conseiller du Président.

Au-dehors, des dizaines de voitures de fonction aux vitres sombres sont rangées en épi sur le parking aménagé pour la circonstance. Les derniers arrivés s'y sont ajoutés en désordre. On devine des gyrophares éteints derrière les pare-brise de voitures officielles. Devant les pare-chocs, les chauffeurs battent la semelle, échangent des propos nonchalants en fumant une cigarette. Certains se composent une mine grave – ceux des barons de la Compagnie surtout, qui marquent par là leur appartenance à des cercles proches du défunt. À quelques mètres se tiennent les employés des pompes funèbres. Costumes noirs, trop larges ou trop étroits, lustrés par le fer à repasser, visages figés par cette dignité vide que, chaque jour, le métier leur impose.

Roulement de tambours, pas martelé, le cercueil approche, couvert d'un drapeau tricolore. Les visages se tournent vers le fond de l'église. Au premier rang, le président du Sénat reste impassible dans le fauteuil spécialement installé pour lui, recroquevillé dans un manteau gris d'où sort son visage pensif et pâle : un vieil oiseau blotti dans son plumage, dont le cou ridé émerge d'une écharpe gris perle, comme d'un duvet de vautour. Quelques mèches traversent son crâne brillant ; l'une d'elles, soulevée par le vent lors de son arrivée, est restée en l'air, ce que son chef de cabinet observe avec embarras sans oser le lui dire.

Les obsèques rassemblent souvent des gens qui ne sont pas du même monde. La vie du défunt a eu ses étapes, ses aires cloisonnées, les uns exposées, les autres plus ombreuses, enfouies dans le secret. Et ses mystères sur lesquels une présence inattendue lève, ce jour-là, un coin de voile aux yeux de ceux qui l'observent. Tel est le cas de Georges Dunaire, journaliste, confesseur ambigu des allées du pouvoir, accoucheur discret de secrets d'État. Il a pris son café à sept heures et demie à l'angle de l'esplanade, lu la presse avec soin, puis s'est dirigé vers l'église. Il sait, mieux que quiconque, observer, déchiffrer cette géographie dont le défunt possédait seul la carte complète et qui se met à nu, dans la tristesse d'un matin de deuil. « Quand j'enterre un puissant, j'autopsie son réseau… » a-t-il coutume de dire. Le tabac embrume la gouaille de sa voix. Instant à saisir, pense-t-il, radiographie fugitive de ce labyrinthe de liens d'intérêt qui fait la matière d'une vie de pouvoir, brièvement révélé avant de disparaître. Dunaire y puise en abondance, traquant çà et là un indice, une bribe de réponse à quelques vieilles questions qu'il est seul à se poser, laissant flotter son intuition sur les visages chagrins, les yeux rougis, les poignées de main échangées avec effusion ou réticence, les accolades des vivants qui se serrent pour se convaincre qu'ils sont, ensemble et pour un temps encore, du bon côté de la mort. Et ce matin-là, il observe tout. Après la cérémonie, il voit Desmauges prendre par le bras Giuseppe Anziotti. Ils se parlent d'un air soucieux pendant plusieurs minutes, avant de se séparer. L'inquiétude agitée qui se peint sur leurs visages n'a pas l'air d'avoir grand-chose à voir avec les obsèques.

*

Le lendemain matin, une Mercedes noire aux vitres sombres arrête Giuseppe Anziotti devant l'immeuble de la Compagnie Fermière. Il monte à l'étage et l'huissier le fait entrer chez le Président. Un verre d'eau gazeuse lui est apporté sur un petit plateau d'argent.

Enrichie par cinq siècles de commerce maritime, la famille Anziotti menait à Gènes une vie d'habitudes discrètes. La trace de sa fortune se perdait dans un monde oublié. Elle s'accumulait depuis si longtemps que nul, de l'extérieur, n'en tenait plus le compte. L'âpreté silencieuse de ses membres, patinée par le temps, toujours enveloppée d'une politesse exacte, n'avait pourtant rien perdu de son feu. À ceux qui se trouvaient, un jour, en conflit avec elle, un lacis de relations dormantes se révélait par morsures successives. Dépourvues de lien apparent, elles révélaient aux adversaires les plus persévérants un monde vénéneux d'appuis et d'obligés, dont la géographie menaçante se découvrait dans un clair-obscur qui autorisait toutes les hypothèses, mais ne laissait place à aucune certitude. Les conflits qui traversaient la famille, les avatars des héritages, des alliances faites et défaites, des mariages et des ruptures, n'avaient pas déchiré la toile tissée au fil des siècles. Si son étoffe en eût porté trace, elle aurait offert aux regards un univers de motifs étranges, chargé de cicatrices, de dorures, de symboles kabbalistiques, ouvrage maintes fois raccommodé par des mains fines sachant manier l'aiguille, le ciseau, le poignard… À chaque génération, il s'était trouvé un ou deux héritiers dotés de l'âpreté requise pour diriger les affaires de la famille. Mais au début des années quatre-vingt, le patriarche Alfonso Anziotti avait transmis l'essentiel des pouvoirs à son gendre, Daniele Cazzarello-Wolf, écartant son propre fils, Giuseppe, qu'il ne jugeait pas capable de les exercer, et qui végétait dans la galaxie familiale comme une étoile reléguée. Son visage poupin, encadré d'épais favoris et couronné d'une épaisse chevelure grise, un peu longue dans la nuque, enveloppait dans un savoir-vivre impeccable une mélancolie d'héritier écarté des rênes de l'Empire. Dix ans plus tôt, la Compagnie Fermière avait acquis une participation minoritaire dans les deux sociétés de distribution d'eau qui se partageaient la desserte de Gènes et de ses environs. La majorité restait entre les mains des familles locales, les Anziotti et quelques autres. Une position d'attente pour la Compagnie, qui jusqu'à présent n'avait mené à rien.

Après quelques phrases de courtoisie, Anziotti raconte au Président une séquence qui a débuté deux semaines plus tôt par un épisode inquiétant. Ce jour-là, il est assis sur un sofa du club de l'Arsenal, où les familles génoises prennent leur ennui en patience depuis quelques siècles. Il y a peu de monde ; on entend tinter la pendule à colonnettes soutenues par deux anges rieurs, posée sur une grande cheminée. Giuseppe Anziotti feuillette un magazine. Un maître d'hôtel en livrée blanche vient lui proposer un rafraîchissement, qu'il refuse sans interrompre sa lecture. C'est alors qu'entre un homme d'une trentaine d'années, portant des chaussures de sport à semelle épaisse, un sac noir de photographe en bandoulière, des lunettes légèrement fumées, une barbe de plusieurs jours. Un huissier bousculé le suit d'un pas plus pressé que résolu, adressant à Anziotti des gestes d'indignation impuissante devant cette intrusion qu'il n'a pu empêcher. À peine ce dernier a-t-il levé les yeux que l'homme, déjà, s'adresse à lui d'une voix anxieuse et basse, mesurée. Une menace indécise plane sur la scène. Le serveur et l'huissier qui se sont approchés pour expulser l'impétrant voient pourtant que Giuseppe l'écoute. Un instant après, et sans quitter l'inconnu des yeux, il leur fait un signe que tous deux comprennent comme une invitation à s'éloigner, sans chercher de renfort pour chasser l'intrus. La situation est tellement incongrue qu'il ne leur vient pas à l'esprit de discuter cette dérogation aux usages du lieu.

Cinq minutes plus tard, l'inconnu quitte le club de son pas agité, sans un regard pour le personnel qui le lorgne de biais. Peu après, Anziotti sort à son tour. Rentré à son bureau, il appelle le Président de la Compagnie Fermière et ils prennent rendez-vous pour se parler à Paris, en tête à tête.

Ce que l'homme aux baskets a dit ce jour-là à Giuseppe Anziotti, qui s'en ouvre à présent au Président, c'est que des promesses ont été faites au Bouzmirstan au nom d'un groupe français, et qu'elles n'ont pas été tenues, malgré plusieurs rappels. Que des *dangers* pourraient naître de cette situation, une situation qui, pense-t-on chez ceux qu'on a sollicités pour établir les contacts, qui se sont portés garants, qui sont intéressés à la transaction, ne devrait pas durer plus longtemps. Vraiment pas. *Dangereux*, a répété l'homme aux baskets avant de ressortir rapidement, vos *amis français* doivent le comprendre.

Le Président pose quelques questions, dit sa surprise à Anziotti, conclut qu'il n'est pas au courant mais assure qu'il va vérifier.

*

Le lendemain, l'avion du Président se pose sur le tarmac d'un aéroport du sud de la France, entouré de bougainvilliers, de pins et de lavande. La porte de l'avion s'ouvre et l'air méditerranéen lui saute au visage. Un chauffeur le conduit à l'hôtel de ville où le maire, échaudé par les affaires de déchets et le contexte nauséabond, l'a invité à passer le voir.

Assis derrière un immense bureau, le maire se lève dans un soupir, avec un peu de difficulté, vient à la rencontre du Président, échange avec lui une accolade fraternelle. Toute sa vie, il a gardé l'air propret, soigné, d'un communiant aspergé d'eau de Cologne : le soulier impeccable, le cheveu luisant, le visage rose et lisse, les costumes, bleu roi sur une chemise très blanche, un peu trop cintrés : devenu corpulent avec l'âge, il s'est légèrement voûté et se déplace comme un ours, dodelinant d'un pied sur l'autre, levant sur les visiteurs un œil las où brille une ironie de sacristie. La lumière du port entre par les baies vitrées. Le soleil brille haut sur le mare nostrum, nimbant la ville d'une lumière aveuglante.

« Écoute, dit-il lentement au Président, les choses changent. Les Griscelli, il faudrait qu'ils le comprennent… Moi, je ne connais pas le détail de leurs affaires ; les marchés de la ville ont toujours été exécutés, je crois, bon, il y a eu des critiques, sur l'enlèvement des ordures, sur la mise en décharge, ce rapport pas très positif des services de l'État… Bon… Oui, et celui de la chambre régionale des comptes… Je leur ai dit les choses, fermement, aux entreprises : les services de la ville ont discuté de tout ça avec eux, on a mis de l'ordre. Ça va mieux je crois. Bon. Les gens ne se plaignent pas, et je n'ai plus d'échos négatifs du préfet. Bon… Mais ces affaires d'écoutes téléphoniques, là, tout ce qu'on lit dans les journaux, ils sont fadas ou quoi ?… De toi à moi, le cousin, là, c'est pas une flèche… »

Le Président hausse les sourcils. Ils se regardent en silence.

« Tu sais, je les connais comme toi, mais je ne les contrôle pas plus que toi, surtout quand ils parlent de leurs exploits et de leurs conquêtes au téléphone… »

Le maire acquiesce et reste un instant silencieux. « Tu peux quand même leur dire les choses plus directement que moi… Vous êtes dans le métier.

— Tu peux leur parler aussi. Ta parole a plus de poids que la mienne. C'est toi le patron de cette ville… »

Le maire a un petit geste circonflexe, évanescent, qui semble dire : « Oh moi, tu sais… », puis reste silencieux quelques instants.

« Et l'agression de Ferone ?… Tu sais quelque chose ?… Ici les gens rapprochent tout. Le mélange met un mauvais climat. Les municipales sont dans moins de dix-huit mois…

— On ne sait rien, répond le Président. J'ai quelques pistes mais rien de clair. En tout cas je ne sais rien qui rapprocherait l'agression de Ferone et les affaires de déchets dans la Région. On est dans le brouillard et la police nous interroge, mais nous parle peu. »

*

Il est 21 h 20, ce soir de janvier, et l'un des huissiers du Président est toujours en service. Hervé Brac, directeur des affaires publiques et institutionnelles de la Compagnie Fermière, quitte son bureau, s'arrête dans l'antichambre. L'huissier va lui tendre son manteau. C'est un énarque encore jeune mais vieilli, qui cultive un style « à l'ancienne » : une calvitie précoce, une voix tour à tour obséquieuse et cassante. Il porte au Président une affection presque filiale : ensemble ils parlent de tout, d'histoire, de littérature, des affaires du monde. Brac se sent élu par le vieil homme si cultivé que son âge, imperceptiblement, éloigne de la marche des choses. Il recueille pieusement ses fausses confidences. Et chaque soir, il goûte en secret cet instant de bonheur où l'huissier lui enfile son manteau. Rien ne lui donne davantage le sentiment d'être entré dans l'ouate des pouvoirs. Ce soir-là, il a anticipé, d'un instant, cette arrivée de l'huissier dans son dos, et il se tient debout, le visage impassible, les deux bras un peu écartés, tendus vers l'arrière, attendant qu'on lui enfile le vêtement. Et c'est à cet instant précis que le Président sort de son bureau, et qu'il a la vision de ce type en costume qui tend ses bras, comme posé sur un plongeoir imaginaire, prêt à s'élancer mollement. Et de l'huissier vaguement goguenard qui s'approche de lui. Le Président, impassible derrière ses lunettes de myope, murmure : « Monsieur Brac, vous avez un instant ? »

L'huissier reprend le manteau.

Brac précède dans le grand bureau le Président qui lui fait signe de s'asseoir. Le petit homme corse aux yeux bleu clair est là aussi, posé en silence au bout d'un canapé. Impassible. Il salue Brac d'un signe de tête. Le Président s'empare d'une télécommande qui déclenche une image sur l'écran de télévision posé dans un angle du bureau.

La vidéo est floue. La caméra de surveillance qui l'a saisie devait surplomber le parking, proche de Notre-Dame-du-Port. L'image fond les vêtements clairs et les visages dans une même teinte livide, surexposée, qui se détache sur la nuit grisâtre. Un homme s'approche de sa voiture, pointe vers elle une clef électronique. Les phares clignotent brièvement. Au moment où il ouvre sa portière, un autre type entre dans le champ. Après un mouvement de recul, l'automobiliste cherche dans la poche de son imperméable ce qui pourrait être un briquet. Mais comme il le tend à son interlocuteur, celui-ci lui porte un coup au visage, puis deux autres, au bas du ventre. L'automobiliste se casse en deux, un autre type entre dans le champ, et ensemble ils le rouent de coups, debout puis à terre, où il cherche à leur échapper en se glissant sous sa voiture. Le premier agresseur le tire par la jambe, et les coups reprennent. Recroquevillé, l'homme ne bouge plus. Âgé de cinquante-quatre ans, Gérard Ferone, directeur de la Compagnie Fermière pour la région Provence-Alpes-Côte d'Azur, sera rapidement transporté dans un service de réanimation, et placé en coma artificiel vers 2 h 30 cette nuit-là.

*

Pendant que Brac regarde la vidéo dans le bureau du Président, un homme sans âge, athlétique, vêtu d'une veste bleue et d'un col roulé noir, est entré à son tour dans l'antichambre de l'étage de direction de la Compagnie. Son regard flotte sur les huissiers, les toiles modernes qui couvrent les murs, les canapés du cuir écarlate aux formes anguleuses. Raideur militaire, cheveux gris coupés court, il observe tout. Une double porte s'ouvre sur le bureau de Desmauges qui, un sourire de vieille camaraderie aux lèvres, le fait entrer sans mot dire.

« Comment vas-tu ? Et comment va Gérard ?

— Mal. Je suis allé le voir à Agen. Il passe ses journées à ruminer sa tétraplégie devant la télé. Il touche sa pension… Il engraisse. C'est la version sociale-démocrate des malheurs de la guerre de Callot, des estropiés du Grand Siècle, claudiquant en haillons sur une béquille de fortune… La télé, le fauteuil et la pension… »

Les deux hommes se regardent. Passent entre eux des souvenirs de commandos déposés en hélicoptère sur le front, en Algérie, au contact direct des maquisards du FLN. Du sous-lieutenant Gérard Braunstein qui, ce jour-là, s'effondre quelques instants après être sorti de l'hélico sous les tirs ennemis, moelle épinière sectionnée par une rafale.

L'homme qui vient de rejoindre Desmauges – appelons-le le *Capétien,* c'est son surnom parmi les anciens de l'Algérie, car c'est le nom du bar de Levallois où il donne ses rendez-vous depuis sa sortie de prison, où il a séjourné pour avoir participé au putsch d'Alger en avril 1961, et entretenu des liens avec l'OAS – reste impassible à l'évocation des souvenirs. Jeune officier, le Capétien était parti avec enthousiasme pour l'Algérie. La routine militaire, magnétisée par la conscience du danger, l'avait apaisé. Les ordres et les désordres de la guerre, la discipline abandonnée à la fortune des armes, l'avaient guéri pour un temps de sa quête angoissée d'un rôle. Il n'avait pas hésité au moment du putsch : la ligne tracée aux côtés de ses frères d'armes à travers le marigot politique y menait tout droit, et l'intuition d'un échec probable, qui s'était aussitôt présentée à son esprit, s'accordait secrètement à son amour des causes perdues. La prison le laissa indifférent, sarcastique et ennuyé, mais le retour à la vie civile fut une sorte d'écœurement. Le besoin de s'inventer un métier pour vivre, de tracer un chemin dans la bousculade molle des intérêts. Il portait le stigmate de sa condamnation, et les portes ne s'ouvraient pas facilement… Avec quelques anciens de l'armée et de la police, il avait monté une structure d'« intelligence économique », et fait signe à ceux de ses amis qui étaient aux affaires. Giscard réhabilitait discrètement les gueules cassées de l'Algérie française, la France avait tourné la page et l'on plaignait plutôt ces soldats perdus qui n'avaient pas su faire la part des choses. Vingt ans plus tard, l'entreprise, où officiers et policiers en retraite, arrivés au fil du temps, se mêlaient à de jeunes « analystes » peu aguerris mais fascinés par le théâtre de l'ombre, menait son bonhomme de chemin.

*

« J'ai besoin de ton aide… »

Le Capétien, raide sur son siège, attend que Desmauges poursuive.

« Écoute… On ne peut pas laisser les Anglo-Saxons occuper à notre place ce marché de l'eau qui se mondialise. Le Président ne comprend pas ça. Il est plus intelligent que nous tous, pourtant… Trop peut-être… Il s'éloigne du terrain et regarde ses successeurs s'entre-dévorer. En tout cas, il voit le monde comme un champ de mines… L'affaire du moment, c'est le Bouzmirstan. Un bout de banquise soviétique détaché par hasard, qui dérive sans cap. Un autocrate qui arbitre subtilement entre les clans de la steppe, les apparatchiks reconvertis et les musulmans fanatiques…

— Ça ressemble à un cliché, ton truc…

— *C'est* un cliché. Presque un chromo… Tout y est. Sauf que les figurants sont bien réels, armés jusqu'aux dents et crapuleux jusqu'à l'os.

— Crapuleux, ça vous gêne ou ça vous arrange ? »

Desmauges, agacé, se dit que le Capétien n'a pas changé, qu'il ne changera pas. Une grande gueule à emmerdes…

« Écoute, ça ne nous arrange pas… J'ai envoyé mes types là-bas, mais ils y perdent leurs repères… J'ai peur qu'ils aient déconné.

— Un rapport avec vos problèmes dans le Sud, avec Ferone, le type qui s'est fait casser la gueule ?

— Je ne sais pas… Mais les Italiens nous ont dit des choses bizarres, il y a quelque chose qui cloche.

— Tu veux que je fasse quoi ? Que je fasse surveiller tes types là-bas ?

— Il faudrait comprendre. Ils sont passés par des contacts italiens, ce qui fait peut-être le lien avec Ferone, le directeur régional agressé, qui supervisait l'Italie. Je crois que tout ça leur a échappé. Ils n'osent pas tout me dire, et je ne suis pas sûr qu'ils comprennent eux-mêmes ce dans quoi ils se sont embarqués. Il y a dû y avoir des promesses…

— Des engagements pas tenus ?

— Oui, peut-être. Enfin des *engagements*, je ne sais pas… Tout le monde n'a pas dû comprendre la même chose…

— Je peux regarder, dit le Capétien. Je connais un peu l'Asie centrale. C'est pourri. On a quelqu'un là-bas, un ancien officier qui écoute pour les services et s'occupe d'armement.

— Embrasse Gérard en rentrant à Agen » glisse Desmauges. Ils se serrent la main, se séparent. Dans l'antichambre, Le Capétien croise Brac qui attend, à nouveau, son manteau dans la posture du plongeur. Il réprime un sourire.

*

Une semaine plus tard, Stéphane Mangin, directeur du cabinet du ministre de l'Intérieur, attend la visite de Brac, son camarade de l'ENA, directeur des affaires publiques et institutionnelles de la Compagnie Fermière. Il est 21 h 30, la nuit est tombée mais la journée n'est pas finie : Mangin aime éteindre l'éclairage principal pour ne conserver que le halo de sa lampe, cerné par l'ombre des parapheurs. Il veille dans le cockpit pendant que dort ou vaque le peuple, inconscient des menaces qui pèsent sur lui, et goûte comme un vin sombre la volupté de cet enfermement. Il aime cet écart entre l'insouciance du troupeau et l'acuité des dangers qui le guettent, ce sentiment d'être initié à la coulisse vénéneuse des choses tandis que sur la scène publique se déroule, fade et bonace, la routine des masses : terrasses de café, magasins de mode, loisirs digitaux. Lui est au cœur de la tringlerie sécuritaire de la République. Dans la salle des machines. Des intrigues, des emmerdes, des risques qui, pris un à un, suffiraient à gâcher la journée d'un homme, mais dont l'entrelacs, la simultanéité vertigineuse donnent à celui qui s'efforce de les maîtriser tous l'âcre jouissance d'être aux prises avec la matière noire du monde, la sensation physique d'un champ de forces où résonnent toutes ses violences. Comme ces grands maîtres qui jouent, simultanément, d'innombrables parties d'échecs, comme un organiste ivre de ses claviers, Mangin se tient immobile derrière son grand bureau, au calme dans l'œil du cyclone.

Brac est arrivé. Ils se regardent, fatigués. Mangin sait que les affaires bourdonnent autour de la Compagnie Fermière. Ils se parlent à demi-mot. Mais même de la sorte, quand est évoqué un fait trop précis, Mangin se ferme : « Il y a une instruction judiciaire en cours, ça ne sert à rien d'en parler… » Brac insiste un peu. Mais ce qui le préoccupe surtout, c'est cette idée que l'agression barbare du directeur régional, que la presse locale a rapprochée du scandale des déchets, a peut-être un lien avec les affaires internationales, avec l'Asie centrale notamment. Peut-être un avertissement lancé par des réseaux criminels. « Si tu veux mon avis, certains de nos gars locaux ont bricolé comme des pieds nickelés. Du zèle imbécile. De toi à moi, c'est pas des aigles qu'on a là-bas… » Mangin ne répond rien. Le ministre lui a recommandé d'être prudent. À part soi, il pense que tout cela, ce sont les avatars d'un système qui tombe, et que ceux qui en ont profité n'ont qu'à s'en débrouiller. Mais la Compagnie Fermière est une des cartes que la France peut jouer « à l'international », et elle n'en a pas tant. Il faut donc les aider quand même… Il donne quelques pistes, conseille à Brac de recourir à un cabinet d'intelligence économique dirigée par d'anciens policiers, lui donne le portable de son fondateur…

Mangin finit par lâcher : « Essayez de reprendre la main sur vos affaires. Vous allez bientôt être cotés à la Bourse de New York, je crois ? Bercy s'inquiète…

— On essaie surtout de comprendre, répond Brac. Quelque chose se détraque… »

DEUXIÈME PARTIE

Tout s'était noué deux ans plus tôt.

L'international donnait des migraines au Président. La Compagnie piétinait, hors de France. Sommés de s'envoler hors du charnier natal, ces vieux gerfauts n'y parvenaient point, repus qu'ils étaient, depuis si longtemps, de viandes abondantes et mûres qu'ils travaillaient entre eux de la griffe et du bec avec une délectation patiente, minutieuse. Leurs ventres arrondis, leurs ailes atrophiées les maintenaient là où il fait si bon être : chez soi. Comme ils jardinaient bien le cher et vieux pays ! Quel plaisir d'ausculter, avec une finesse que bien des journalistes auraient pu leur envier, les moindres frémissements de la carte électorale, de deviner dans le sillon creusé par quelque jeune maire ambitieux une sente féconde où s'engagerait leur instinct de chasseur, de calculer le point où cette trace en rejoindrait d'autres, pour permettre à de nouvelles combinaisons de se couler dans celles qui, vingt ans avant, avaient porté de si beaux fruits, et de renouveler une concession très rentable. Quel plaisir que ce jeu toujours semblable et toujours renouvelé où l'on gagnait presque à tous les coups, que cette fête furtive où l'on célébrait entre soi les martingales éternelles du trafic d'influence. Et quand ce lacis de combines aboutissait à quelque nouveau contrat, le plaisir de ses auteurs était, brièvement, semblable à celui du cambrioleur qui, retenant son souffle, sent que la serrure du coffre qu'il a longuement, délicatement auscultée cède enfin sous ses doigts…

Mais le monde changeait. Les plus hardis se jetaient dans des avions, émerveillés de sentir que le copinage se mondialisait, que les réseaux planétaires les aspiraient dans une danse nouvelle, pleine de promesses, que parfois même on trouvait, aux antipodes, moyen de se faire des amis sans bien parler l'anglais. Pieds nickelés géostationnaires, accumulant les *miles* en classe affaires, souriant aux hôtesses d'un air suggestif. *My name is Bond. James Bond.*

Ce que pressentaient les anciens, les vieux bonzes de la combine, c'était le danger de ces rapports de force trop brutaux, de cette catalyse étrange des intérêts d'argent, du pouvoir politique et des appareils de force qui faisait surgir, dans tant de pays, des types pressés, arrogants, qui s'impatientaient d'avoir à sauver les apparences. Pour se donner le change, les dirigeants de la Compagnie partageaient des analyses pessimistes, avec l'espoir que leur lucidité, au moins, ferait d'eux, toujours, les maîtres du jeu. Ils s'inquiétaient : « Trouvera-t-on un juge pour faire respecter nos contrats ? »

Car leur territoire, ce n'était pas la jungle… Il fallait certes, pour que les choses se disposassent bien, au départ, qu'on n'y regardât pas de trop près – pas les juges, notamment –, il fallait l'ombre, le silence, la discrétion – un peu de merde, comme pour l'andouillette, aurait dit le président Édouard Herriot – mais ensuite, les contrats duraient vingt, trente ans, et l'on avait besoin de les faire respecter. Il fallait donc un État de droit. Qu'on pût gauchir un peu, à l'occasion, mais qui fixât des limites et où la loi, ensuite, une fois cette petite entorse oubliée, reprît ses droits, et garantît ceux des investisseurs.

Mais c'était avant. Presque autrefois. Avant que les profiteurs des anciennes dictatures, à l'Est surtout, ne se saisissent de ce que le chaos offrait de meilleur, c'est-à-dire à peu près tout pour qui savait le prendre de vive force ; avant que les maîtres des partis uniques et leurs jeunes émules, détenteurs des vieux codes reconvertis dans l'improvisation, ne réinventent leur domination, et ne relèguent dans les marges qu'ils n'avaient pas longtemps quittées les dissidents qui avaient cru en la liberté. Et c'était la mort lente d'un autre monde, où les institutions, les honneurs, les mérites imprégnaient les ambitions d'hommes soumis aux usages, et formaient le décor où se dessinaient leurs rêves d'avenir. Un monde de pactes ambigus entre des forces qui se connaissaient bien. Un monde auquel la décentralisation avait ouvert le jardin des délices. Et de ce monde ancien, la Compagnie était la quintessence. Un conservatoire d'intrigues et de secrets, une grande barrière de corail, une réserve naturelle de sous-entendus.

*

« Monsieur Terrier ?...

— Bonjour Madame...

— Bonjour Monsieur. Pourriez-vous passer voir M. Desmauges quelques instants, ce matin ?

— Naturellement. Je peux venir maintenant, si vous voulez.

— Eh bien ce serait parfait, il vous attend. »

Habitué à ces invitations à passer le voir tout de suite, Terrier était curieux d'en découvrir le motif.

Au sein de l'entreprise, rares étaient ceux qui prenaient Richard Terrier tout à fait au sérieux. Sa valise à roulettes le suivait dans tous les aéroports du monde ; une sorte de chien inanimé, rectangulaire, qui couchait au pied de son lit dans les chambres d'hôtel, l'attendait au bout des salles de réunion, restait silencieux dans un coin de son bureau quand il revenait de ses périples. Dans le monde d'ingénieurs qui dominait son univers professionnel, le commercial vieillissant mais infatigable, connu pour sa faconde et ses blagues, était jugé sympathique mais un peu court, intellectuellement. Les cercles gascons accueillaient en lui le bon camarade, le soutenaient au besoin. Un collègue spirituel, accolant la dernière syllabe de son prénom et la première de son nom de famille – une figure de style dont nul ne se rappelait le nom –, l'avait affublé du surnom de Charter, qui avait aussitôt fait florès.

À cinquante-sept ans, cette vie vouée au commerce international gardait, pour Charter, un prestige que rehaussaient les impressions tristes gardées de son enfance, passée à Cahors dans une maison obscure, au fond d'une petite place. Ses grands-parents l'y avaient élevé. Son grand-père, un officier qui avait servi dans les colonies et avait pris sa retraite avec le grade de lieutenant-colonel, était handicapé par les séquelles d'une blessure au dos mal soignée. L'âge venant, il s'était résigné au fauteuil roulant. Cette infirmité, jointe à un tempérament irascible, jetait une ombre sur la vie de la famille. Le monde devait se rendre aux raisons du colonel qui prétendait le connaître, ramenait tout à la vision étroite qu'il en avait conçue au cours de ses années coloniales, régissait et rétrécissait tout. Quand il sortait, il fallait, pour passer le seuil de la porte cochère, mettre le fauteuil de dos et le hisser un peu, sans à-coups, sous les yeux des convives de la pizzeria mitoyenne. Cette séquence répétée humiliait la famille. Elle altérait encore l'humeur de l'aïeul et épuisait le petit Richard.

Quand il fut admis dans une école de commerce, à Toulouse, il sentit qu'un monde neuf s'ouvrait à lui, un monde moderne, délivré de cette glu d'angoisse dans laquelle il avait végété pendant presque vingt ans, un monde d'« opportunités » et d'avenirs à construire.

Il entra dans une société canadienne de matériel ferroviaire, au service commercial international. Cette première vie le grisa. Les heures immobiles dans l'ombre tyrannique de l'infirme, les redites de la province, les jours perdus dans la vieille maison aux heures lentes, tout ce ressac d'impressions et de phrases gravées comme des sentences dans sa mémoire d'enfant seul, cette vieillerie du monde et ses empreintes étaient comme balayées par un vent de modernité conquérante… Le commerce international : ces trois mots se nimbaient d'une aura lumineuse, chargés d'une énergie qu'il sentait entrer en lui à mesure qu'il s'imaginait négociant, au loin, des « deals » prestigieux. Le premier terminal de l'aéroport Roissy-Charles de Gaulle, où il croisait d'autres types en costume-cravate, emportés comme lui par des escalators dans des tubes transparents, symbolisait cet horizon.

Marié jeune, il ramenait encore, au milieu des années quatre-vingt, les petites trousses de toilette des avions et les shampoings d'hôtels de ses voyages d'affaires. Elles s'entassaient dans ses placards quand ses enfants n'en voulaient plus. Il copinait dans les avions avec d'autres types, souriait finement à ses interlocuteurs quand une discussion entrait dans sa phase sensible. Après les locomotives et les wagons qu'il avait vendus en Asie, simple équipier d'abord de commerciaux anglo-saxons dont le profil agressif le fascinait, il avait travaillé pour une multinationale espagnole dans les concessions de parkings en Argentine, puis en Europe du Sud. Cet univers latin lui convenait, il y avait affirmé son tempérament de négociateur. Il corrompait avec tact et mesure et s'était bâti une morale fataliste, bonhomme, sur l'inertie du monde et de ses pratiques à laquelle il initiait, goguenard, ses jeunes collaborateurs en leur citant cette maxime de Descartes, souvenir de sa classe de terminale : « Se changer soi-même plutôt que l'ordre du monde. » Ayant dit cela, il les observait en tirant sur sa cigarette. Bon soldat d'empires d'argent dont les tireurs de ficelles s'abritaient derrière les procédures, il prenait donc quelques risques personnels, et on lui savait gré de les garder pour lui. Entreprenant dans le périmètre de responsabilité qui était le sien, discipliné au-delà, il avait été nommé « conseiller du commerce extérieur de la France », cénacle informel qui distinguait, au bout de vingt ans et plus de vie professionnelle, des types comme lui, vieux kroumirs de l'export dont la bourlingue accumulée devait éclairer la technocratie... *L'export* : un mot d'une modernité désuète qu'il employait encore, faisant sourire les plus jeunes.

Au fond de lui, il aimait cet effort dérisoire pour vendre, convaincre et vendre encore. Ses faibles connaissances historiques ne bornaient pas sa propension à penser par lui-même la destinée des hommes : il la voyait tout entière divisée, depuis la nuit des temps, entre les gens à statut qui l'avaient dominée par la seule force de l'ordre et du symbole, les princes, les prêtres, les soldats, d'un côté, et les commerçants de l'autre, des types comme lui qui devaient, chaque jour, réinventer quelque chose, un argument, un récit, pour vivre, vendre et faire leur chemin. Cette dignité plébéienne, dont le Chat Botté était l'icône indépassable, il s'y réfugiait quand certaines humiliations l'affectaient, ou quand la solitude l'inclinait à revenir sur lui-même, cherchant au fond de lui le récit, la fresque qui nimberait son parcours d'un prestige que la société de castes semblait lui refuser.

Malgré l'âge qui venait, il surprenait sa hiérarchie par l'énergie avec laquelle, depuis dix ans, il repartait proposer le savoir-faire de la Compagnie dans les pays arabes, et en Asie centrale. Il avait atteint un niveau intermédiaire dans l'organisation, faisait partie des « 200 », un cercle de dirigeants – du moins les appelait-on ainsi à la direction des ressources humaines – auxquels le directoire de l'entreprise délivrait, quatre fois par an, un commentaire des résultats trimestriels, invariablement conclu par une mâle injonction à « aller plus loin ».

Depuis quelques années pourtant, la grisaille s'était incrustée dans cette vie comme une fine poussière. Une sorte de saturnisme léger, contracté dans les aéroports, les attentes, les retards, les nuits d'hôtel où, incapable de lire, il zappait devant un écran aux chaînes à présent innombrables, s'était emparé de lui. La solitude des déplacements lui pesait.

Une errance d'habitude, à laquelle il se résignait, enchaînait, d'hôtel en aéroport, les moments disjoints, succession d'instants sans fil conducteur. Son œil était une sorte de caméra abandonnée, promenée sur le monde en un long travelling. Sans se l'avouer clairement, il se sentait seul, et finalement un peu triste. L'univers digital tissait autour de lui une toile pleine d'initiés lointains, un filet d'insomnie tendu sur la planète. Quelques jours plus tôt, il était reparti à Abou Dabi. Pendant le vol il somnola, travailla un peu, regarda la moitié d'un film. Prit enfin un livre ambitieux de géopolitique dont il ne put soutenir longtemps la lecture tant son attention était émoussée. Il finit par renoncer à se divertir et par se pelotonner dans son siège incliné. Le grésil des réacteurs, tamisé par la carlingue, lui sembla soudain plus présent : il sentit qu'il ne dormirait pas.

À l'aéroport, des passagers mal réveillés attendaient, dans une longue file qui s'étirait sous les néons, de faire contrôler leur passeport. Des hommes seuls pour la plupart, des immigrants d'Asie du Sud à la peau sombre, venus vendre leur force de travail loin de leurs familles, portaient de petits ballots en toile de Madras ou des valises bon marché ; des expatriés britanniques chiffonnés promenaient autour d'eux des regards coloniaux.

Arrivé à l'hôtel, il se présenta à la réception. Un garçon d'étage – il devait être ouzbek ou kirghize se dit-il (deux pays auxquels il avait fait les honneurs de sa valise à roulettes, sans résultat encore) – monta ses bagages en lui demandant, dans l'ascenseur, s'il avait fait bon voyage. Il lui sourit et lui demanda d'où il était. « Turkmenistan Sir… » Arrivé dans sa chambre, il se doucha, commanda un club sandwich.

L'un des angles morts de sa vie de nomade fonctionnel, vieillissant, était la sexualité. Il en avait tôt pris conscience, quand les voyages avaient commencé. Et il avait, contrairement à beaucoup de ses semblables, refusé de recourir à des prostituées. Aguiché dans les halls d'hôtels, ou appelé au téléphone assez tard dans la nuit, peu après être rentré d'un dîner arrosé. « Russian girl, hundred dollars » lui avait dit un jour, hésitante, dans un hôtel kazakh, une voix très jeune qui appelait depuis le hall, alors qu'il venait de regagner sa chambre… Il avait dit non, sans beaucoup réfléchir, pris l'instant d'après d'une sorte de regret de n'avoir pas tenté l'expérience. Mais la tristesse de tout cela ne le laissait pas insensible, les trafics d'êtres humains dont il entendait parler, le haut-le-cœur probable de ces très jeunes femmes au contact d'inconnus fatigués, plus tout jeunes… Sa résolution s'était affermie, et quand le métier lui imposait des soirées « accompagnées », il s'arrangeait pour filer avant les choses sérieuses.

Mais il avait, plus récemment, développé une sorte d'addiction aux sites pornographiques. Comme tous les gens de sa génération, il avait tardé à découvrir la facilité absolue d'accéder à des sites gratuits et anonymes. Longtemps, la nécessité de s'enregistrer, de donner son adresse électronique l'avait retenu, comme le retenait auparavant, dans les hôtels, la crainte de voir un film « pour adultes » figurer sur sa facture (ou même seulement un film : tout le monde devait savoir que 99 % des films payants regardés dans les hôtels entraient dans cette catégorie…). Puis il était entré par hasard, un soir d'errance virtuelle, sur un site qui ne demandait rien, ni paiement ni adresse électronique, et proposait un imposant échantillonnage de vidéos, classées selon les préférences sexuelles de l'internaute, l'âge et l'origine géographique des protagonistes, ou la nature de leurs ébats. Un monde inconnu.

Lui qui, adolescent, à Cahors, avait, des années durant, ressorti d'un tiroir un vieux numéro de *Playboy* tombé par hasard en sa possession dont les quelques filles nues, mille fois regardées en secret, étaient devenues pour lui comme de vieilles amies, apprit à voyager dans ce labyrinthe sans fin du voyeurisme digital, à y explorer ses goûts en utilisant les mots-clefs. Un petit examen de conscience avait accompagné cette habitude naissante. Rien de grave à dire cette fois : il évitait les vidéos à caractère sadique, ou celles où les femmes étaient trop jeunes, ou trop vieilles, ou trop brutalement traitées. Pour le reste, c'était au fond un bon compromis : il préservait sa libido de la dangereuse routine des voyages aseptisés, ne faisait de promesse, vraie ou fausse, à personne, ne trompait pas sa femme… Le sentiment de transgression des débuts disparut, comme disparurent peu à peu ses dernières velléités de lecture, le soir, avant de dormir.

Il fit des découvertes. Les vidéos japonaises, où plusieurs types au membre modeste tripotaient le sexe d'une femme à tour de rôle avec une sorte de ferveur épouvantée, commentant leurs découvertes avec des accents de stupeur évidents, dans une langue mystérieuse : un côté travaux pratiques de laboratoire qui dégénèrent, pimentés par les miaulements très exagérés de la fille. Les séquences d'infirmières saisies de pulsions au contact des patients. Le « vintage », qui lui révéla le goût prononcé des générations précédant la sienne pour les nuisettes mauves et les maisons de campagne où des voitures de luxe arrivent en faisant crisser le gravier, laissant pressentir des ébats voluptueux ; la prévalence des moustachus très pileux parmi les hardeurs vedettes de ces temps héroïques, puis leur brusque disparition au profit d'étalons plus glabres ; l'omniprésence de quelques stars féminines dont il se demandait quel genre de mamies elles étaient devenues, et si leurs fidèles les reconnaissaient dans la rue, ou à la boulangerie… Il aimait aussi les séquences où le dérapage était mis en scène, spécialité américaine, lui semblait-il, car elle jouait sur les affects transgressifs et les conduites *inappropriées* : le dépanneur musclé débauché par une femme au foyer oisive ; la prof à gros seins à laquelle un étudiant très attardé venait parler de ses difficultés, et qui, après l'avoir chapitré, exigeait de lui quelques faveurs tournant vite aux acrobaties dans la salle de classe désertée…

Cette routine nouvelle s'était installée dans sa vie en quelques mois. Quelques années plus tard, les retrouvailles nocturnes, solitaires, avec le halo du smartphone, dans des chambres d'hôtel plongées dans une pénombre que traversaient les couinements et les râles émis depuis le petit appareil, deviendraient une séquence familière, presque autant que le brossage des dents et l'examen anxieux, dans les glaces des salles de bains, de l'affaissement de son visage. Elles envahiraient ses moments perdus : au milieu de la nuit, au réveil, il céderait au vertige d'un plain-pied si facile, si familier avec cette galerie inépuisable de scènes de sexe.

Rentré le matin même des Émirats, Charter passa aux toilettes, se rasa vite et mal, ajusta sa cravate et se hâta vers le bureau de Desmauges.

*

Desmauges reçoit donc Charter et un jeune cadre fraîchement sorti des écoles qu'on lui a adjoint pour quelques mois. Il les observe et garde le silence. Une grosse mouche est entrée qui l'importune, puis ressort. Il se lève, ferme sa fenêtre, se rassoit.

« Le Président ne comprend pas cette affaire du Bouzmirstan... »

Terrier cherche un encouragement, une lueur de connivence dans les yeux de Desmauges qui restent baissés.

« On me dit que les Italiens y sont très implantés, dans les travaux publics. Ils leur ont construit le palais présidentiel, des autoroutes, un barrage. On devrait peut-être leur proposer d'y aller avec nous... » Si la mouche n'était pas ressortie, on l'entendrait voler, pense le jeune cadre. C'est lui que Desmauges regarde à présent, fixement, paupières mi-closes. « Vous m'avez dit que vous vouliez *aller sur le terrain*. Projeter au loin nos savoir-faire... Vous avez bien raison. C'est une occasion, je crois : tout est à défricher, à bâtir. Et on ne se bouscule pas encore pour y aller. »

Terrier et le jeune cadre ont compris. On va y aller. Opportunité, a voulu dire Desmauges ? Certes. Mais il a dit *occasion*, d'une voix un peu traînante, goguenarde. Et le jeune cadre entend quelque chose, un écho ironique, hume un parfum de brocante trompeuse sur l'autre versant de ce vieux mot à tout faire, si familier. Il lui évoque soudain ces longues files de vendeurs de voiture *d'occasion* qu'il a découvertes, quelques années plus tôt, dans une ville du Midwest américain où, en fin d'école de commerce, il faisait un stage dans l'industrie de la barre chocolatée. Ces types avantageux, aux cravates impossibles, qui vous vendaient n'importe quoi dans la connivence virile du châssis et du carburateur. L'arnaque débonnaire…

Une occasion.

*

Le lendemain soir, Charter sort de l'immeuble de la Compagnie Fermière avec Gérard Ferone, le directeur régional Provence Alpes-Côte d'Azur. Au café d'en face, ils retrouvent l'administrateur des filiales italiennes, Aymar du Puy-Roquette.

Paris, place de l'Étoile. L'Arc de triomphe, douane mémorielle, sépare deux territoires d'argent et d'ennui : les huitième et seizième arrondissements. Paris, *business district.* Les hommes d'affaires, leurs costumes un peu fripés, leurs déjeuners, leurs bars à vices disséminés çà et là dans les petites rues du quartier derrière des devantures opaques : ils viennent y godelurer près de grandes filles au regard vide, perchées sur des tabourets qui laissent voir leurs jambes. Ces avenues grises autour de l'Étoile, portant des noms de victoires : Iéna, Friedland, Wagram... La Grande Armée. Victor Hugo y est seul, exilé au milieu d'une bourgeoisie plus fossile que le calcaire de ses murs. Tambours, drapeaux claquant au vent, fantômes de fifres et de fanfares, de grandes charges de cavalerie. À ces plaines de Prusse ou de Poméranie, à ces îles du Danube où des milliers de jeunes soldats éventrés connurent l'abandon d'une longue agonie, mêlant leurs râles sous le ciel et appelant leur mère tandis que des miséreux s'approchaient pour les détrousser morts ou vifs, les édiles ont élevé ces sanctuaires de pierre blonde. Les notables du business y déambulent à présent ; leurs esprits satisfaits, bercés par ces noms illustres, patrouillotent béatement dans la gloire diffuse du passé.

Les trois collègues causent. Se mettent d'accord pour solliciter les Italiens pour l'appel d'offres du Bouzmirstan. Puy-Roquette annonce qu'il leur parlera, avec des rengorgements d'importance. Puis ils quittent le café, et Charter rejoint des clients du Moyen-Orient au Naughty Fox.

Ils s'assoient et boivent. Lecteur, tu as lu *La Belle et la Bête ?* Ce soir la belle a de longs cils, très maquillés, entre lesquels l'amande effilée de ses yeux darde un rayon vert pâle. Lointain. Aucun de ceux qu'il magnétise ne peut, même dans le flou de sa chimère, s'en croire vraiment l'élu. Ce rayon les frôle et les abandonne, tandis que le corps souple de la belle déroule, autour d'un piano noir, une liturgie du désir et de l'indifférence, égrène des chansons tristes que gaine le filet rauque, brûlé, de sa voix. La bête transpire, elle a des dizaines d'yeux, autant de pieds et de mains posées près d'une bouteille ou d'un verre de whisky, et ces yeux ont tous le même regard, traversé parfois d'une rancune inconsciente à l'égard de la belle qui se dérobe dans un horizon inaccessible, relègue ceux qu'elle attire dans la solitude de leurs pulsions. Avec les heures qui passent, ces regards s'alourdissent et une fatigue d'habitude, lourde, reprend ces hommes chiffonnés qui pensent à rentrer à l'hôtel ou chez eux, machinalement ramenés vers le cours d'une existence confortable, au terme d'une journée que le sommeil effacera.

Alors ils s'en vont, ils rentrent à Rueil, à Levallois, à Saint-Cloud, à Meudon, seuls dans de grosses voitures qui passent à vive allure dans de grandes avenues au tracé trop géométrique – raideur architecturale de ce Paris dont le Grand Roi, deux siècles avant Haussmann, renvoyait déjà à Rome, et aux tourments de la pâmoison baroque, le Cavalier Bernin, venu dans l'espoir de déployer sur les façades du Louvre sa voluptueuse grammaire de l'extase...

*

« Écoutez André... votre truc là, le Bouzmirstan, c'est le Far West. Pire, le Far Est, enfin ce que vous voudrez... C'est la jungle. Nous n'avons rien à y faire. Nous ne sommes pas des pétroliers, ou des exploitants de mines. Nous ne construisons pas des camps retranchés, hors sol, protégés par des milices, pour exploiter des ressources naturelles au milieu de la misère locale et du chaos. Est-ce que tout le monde ici a perdu la tête ? Nous exploitons des services publics. Pu-blics. Nous vendons de l'eau, du chauffage, des services, des communications, à tout le monde. Au même prix. Et nous restons vingt ans, ou davantage. Il n'y a pas de justice indépendante dans vos pays. Pas d'arbitrage qui tienne pour nous qui gérons des services publics. À supposer que nous nous entendions avec vos satrapes locaux au moment de l'attribution du marché, ils reviendront vers nous, nous serons mis à l'amende, rackettés, constamment, et nous ne pourrons rien faire.

— Il y a la Banque mondiale, Monsieur le Président, et on peut essayer d'insérer des clauses d'arbitrage pour échapper aux juges locaux.

— La Banque mondiale ce sont des imbéciles, vous le savez comme moi. Ils nous feront un bel appel d'offres – lequel, soit dit en passant, nous obligera à des efforts excessifs sur nos prix, qu'il faudra rattraper ensuite – et ils s'en iront. Et nous, on restera, André. Vingt ans voire plus… À chaque fois que nous aurons besoin d'une augmentation de tarif pour financer nos investissements, les gens qui sont au pouvoir nous racketteront, les uns après les autres… Je ne vous apprends rien…

— Toute l'ex-Union soviétique va avoir besoin d'une mise à niveau de ses services urbains, Monsieur le Président. Nos concurrents sont déjà à pied d'œuvre. Le Bouzmirstan n'est pas terrible, c'est vrai, mais sera la première référence…

— On me dit que les réseaux d'eau et de gaz enterrés sont sous un régime de protection proche de notre secret-défense là-bas, André. Ils vous donneront une dérogation pour y travailler, mais au premier accroc, à la première tension diplomatique avec la France, au premier refus d'accepter leurs conditions financières, ils l'annuleront, et on sera pris en otages. C'est du droit national, du droit *public* national, et comme tout ce qui tient à la sécurité publique, aucune clause d'arbitrage ne viendra mordre là-dessus, surtout dans l'univers ex-soviétique. Laissez donc nos concurrents s'y enferrer, s'ils ne comprennent pas ça… »

André Desmauges reste silencieux. Le Président regarde ses pois de senteur. L'efflorescence légère des pétales mauves, leur flexion sur la bordure du vase, dans un désordre aussi gracieux que celui des chevelures doucement défaites sur certains portraits de femme du XVIIIe siècle. Il rêve de jardins. Puis son esprit revient vers ce monde soviétique. Il sent quelque chose de confus, où se mêlent l'arbitraire et la rigidité, les appareils de force, les milices, des brutes indistinctement vêtues de sombre, patrouillant en half-track dans l'hiver boueux. Un monde chaotique, peuplé d'êtres grossiers, avides d'argent facile et prêts à tout pour le gagner. Aller si loin pour se soumettre au pouvoir de ces gens… Faut-il être sot…

*

Il cède pourtant, et accepte le principe d'une courte visite au Bouzmirstan, dans la crainte que son rival, le président de la SFSU, la Société Française de Services Urbains, ne s'y rende avant lui, avec ce faste un peu ridicule qui entoure ses déplacements. Ça l'agace. Desmauges l'accompagne. Il sera reçu par les autorités du Bouzmirstan à l'égal d'un chef d'État. Ils auront droit à une visite privée des vestiges hellénistiques de

Zabyan et des trésors scythes du musée national. La concession qui se profile inaugurera une nouvelle ère, révolutionnera les services publics dans le monde ex-soviétique : on va raccorder de nouveaux quartiers, montrer que l'entreprise peut, grâce à son modèle de partenariat, mettre à niveau les vieilles infrastructures héritées du passé communiste. « Ne grandiloquons pas, cher ami… » a murmuré le Président quand ces brillantes perspectives lui ont été présentées.

La visite achève de le convaincre de l'inanité du projet. L'entretien en tête à tête avec le maître de cette ancienne République soviétique, Timour Berdimoukarymov, un hiérarque communiste reconverti dont l'ambassadeur de France met un point d'honneur à prononcer le nom d'une traite, d'un air dégagé et sans aucun effort apparent, comme s'il s'appelait Dupont ou Martin, l'a accablé. Le satrape l'a reçu dans son bureau très éclairé, grand comme une salle des fêtes, couvert de tapis locaux et meublé dans un style guerre froide aux nuances orientales : d'immenses meubles en bois très sombre, très ornés, dont les panneaux semblent taillés dans des buffets Henri II. Au mur, des fresques où les plaisirs de la yourte et l'islam de la steppe sont dépeints dans un réalisme soviétique très pur. Des canapés de cuir verdâtre des années soixante où son hôte l'a fait asseoir autour d'une table basse en verre fumé, avant d'entamer un long discours sur la modernisation de son pays en fumant cigarette sur cigarette. Il lui en a vanté l'avenir débordant d'opportunités, dans un anglais presque indéchiffrable où les consonnes pleines d'arabesques roulent des voyelles incongrues, versant alternativement dans le rauque ou le suave. Le Président étouffe. Il se voit contraint de vanter à son tour les mérites de son groupe, cherchant à part soi les moyens qu'il y aura, demain, de se tirer du piège où on l'a fourré, et de ne jamais investir dans ce pays. Dans l'antichambre, on lui a dit un mot d'un projet personnel du Guide Suprême : faire ériger une statue de son défunt cheval favori dont le socle, en forme d'écran convexe, diffusera jour et nuit des images filmées de cet animal, portant son présidentiel cavalier au grand galop dans la steppe. Rien ne lui tient plus à cœur. Il sonde le Président sur la disponibilité de la Compagnie

Fermière de France à construire ce monument, en fixant sur lui un regard soudain devenu plus intense. Le Président songe qu'on pourrait peut-être s'en tirer comme ça et répond que le groupe a vendu ses filiales de travaux publics, mais qu'il lui serait possible de faire superviser par un de ses bureaux d'études la construction du monument par des entreprises locales, pour en assurer la parfaite réalisation. Le Guide Suprême acquiesce avec enthousiasme. « Notre Président pense que votre pensée précède la sienne, et qu'une naturelle connivence existe entre vos esprits éclairés » traduit aussitôt l'interprète, dont la chemise vert olive se trempe lentement de sueur.

Les couloirs encombrés d'hommes en treillis ou en uniforme, de miliciens aux mines dures, coulant des regards sans équivoque aux longues créatures qui se déploient çà et là dans l'antichambre du Guide Suprême, les odeurs de cuir, d'armes graissées et de caserne qui suivent ces hommes, tout lui a déplu. Tout évoque l'omniprésence des appareils de force. Le repas lourd, interminable, le survol du pays dans l'hélicoptère présidentiel, présenté comme un honneur particulier par les officiels qui l'attendaient sur le tarmac, lui laisse une sorte de fatigue nauséeuse. Il n'a qu'une hâte : repartir.

*

L'homme qui se chargeait des discussions avec les Italiens, Aymar du Puy-Roquette, un proche du Président, avait rendu des services dans le sud-ouest de la France dans les années qui avaient suivi la décentralisation. On avait, par la suite, jugé prudent de l'éloigner un peu et de lui assigner de nouveaux horizons, et sa connaissance, au vrai fort approximative, de l'italien, qu'il parlait avec des accents exagérés, un fausset désagréable et des rengorgements de timidité vaincue, l'avait désigné pour approcher les quelques points où il paraissait possible d'entrer dans la péninsule. Le Sud, desservi par de grands organismes régionaux d'État, ayant été exclu par Desmauges, et les grandes sociétés publiques du Nord paraissant hors d'atteinte, on s'était rabattu, outre quelques appels d'offres villageois dans le Piémont voisin, sur la Ligurie, où de vieilles sociétés privées génoises, tenues par les Anziotti, semblaient fournir un cheval de Troie acceptable. Une participation minoritaire fut acquise, trop cher, dans l'espoir d'une montée ultérieure au capital. Puy-Roquette en fut nommé administrateur. Il s'occupait des activités italiennes depuis plusieurs années. Sa courtoisie composait avec son boitillement un personnage d'abord sympathique. Mais sa bonhomie n'était pas exempte d'amertume : les jeux de pouvoir interne ne l'avaient pas porté au sommet, et il régnait sur son territoire en despote méticuleux, mettant au gouvernement des petites choses l'ardeur qu'il n'avait pu étendre aux grandes affaires. Les familles génoises le recevaient avec beaucoup d'égards, sous de hauts plafonds couverts d'angelots et de nymphes fessues, dans une ambiance compassée et subtile qui l'envoûtait. Quand il repartait vers l'aéroport, ses hôtes restés seuls faisaient son éloge, et partageaient en silence l'ironie satisfaite que leur inspirait la parfaite imbécillité de leur nouveau partenaire, poussant le raffinement jusqu'à ne pas s'en faire l'aveu, parce qu'ils en jouissaient mieux ainsi. À Paris, le Président discernait vaguement, dans le compte qui lui était rendu de chaque conseil, cet aveuglement, et que le cheval de Troie, planté sur le port de Gènes comme une ruse éventée, risquait fort de ne servir à rien. Mais, attaché à ce vieux serviteur, et lui-même assez snob et pas insensible à ce décorum, il hésitait sur la marche à suivre et ne décidait rien.

« Cher ami, dit Anziotti à Puy-Roquette dans un français soigné qu'enveloppait la fumée d'une cigarette, vous savez, nous, nous ne sommes que de modestes entrepreneurs du port de Gênes. Ce monde lointain, l'Asie centrale, ce n'est pas nous, vraiment. Nous n'y connaissons rien. Cela nous *dépasse* – il appuyait sur le double « s » dans un demi-sourire, en soufflant un peu de fumée. Mais je voudrais vous aider. Je crois bien que certains groupes italiens dont nous sommes proches vendent là-bas des travaux publics, des équipements… Et ils ont sur place des gens qui les conseillent, qui connaissent du monde… Je peux vous en présenter je crois. Mais ensuite cher ami, nous vous laisserons discuter avec eux. Et très amicalement, si vous me permettez cette familiarité, si c'est une *introduction* qu'il vous faut, je serai heureux de la faire, mais si c'est une *recommandation*, c'est impossible. Ce ne sont pas des gens… Comme vous et nous. Pas *re-com-man-dables*, pas très *fré-quen-tables* » lâcha-t-il dans un sourire, pas mécontent de son français précis, en exhalant un nouveau petit nuage de fumée. Puy-Roquette répondit, l'œil complice, qu'il ne les *fréquenterait* pas, mais qu'un contact de travail n'était pas une *fréquentation*. Il prenait un air subtil, forçant les accents toniques dans son italien métallique. Sa phrase semblait plastifiée, apprise par cœur dans le lexique terminal d'une méthode Assimil, entre « Je prendrais volontiers une orange pressée » et « Quel est le prix de vos chambres doubles ? ». Ses hôtes conservaient un sourire de courtoisie immuable, presque ecclésial. On se quitta peu après. Puy-Roquette se sentait, en rentrant à l'hôtel, devenir un acteur de cette globalisation où se dessinait l'avenir. Un monde plus vaste s'ouvrait à lui, le stratège du concret. Au retour, il passa deux heures avec Charter, et c'est ainsi, portes fermées, dans leur connivence finaude, que les combinaisons savantes esquissées au Naughty Fox dans des vapeurs de whisky et de stupre prirent forme en toute discrétion, à l'abri des oreilles et des regards. Elles allaient se muer en emmerdes gigantesques.

*

Pour les mettre en œuvre, ces combinaisons, en ce jour de juillet, Charter est en partance pour Barzabad, capitale du Bouzmirstan, via Dubaï. Il est assis en classe affaires, au milieu d'autres types qui, comme lui, feuillettent des magazines qui les entretiennent de leur condition managériale en des termes flatteurs, où reviennent en boucle, comme des talismans, les mots *corporate* et *executive*, leur offrant en modèle des patrons que l'objectif saisit dans des poses où l'acuité du regard cherche à concentrer les vertus essentielles, la vision alliée à la réactivité, la souplesse du fauve à l'endurance du chameau, l'autorité à la décontraction… Il tombe sur un article évoquant Warren Buffett, l'oracle d'Omaha. L'un de ses héros. L'oracle d'Omaha est le cousin de province de Monsieur Tout-le-monde, qui mange des burgers et boit un Coca avec son vieux pote devant les caméras en racontant des banalités et des blagues. Il en fait des tonnes dans ce registre, le bougre ! Un sorcier de l'évidence, dégrisant les gnomes de la prophétie auto-réalisatrice qui peuplent les salles de marché pour leur rappeler quelques fondamentaux : le travail, la marque, les clients, la durée. Un type qui ne vit que pour la finance et l'argent, et tire pourtant son aura du peu de confiance, ou du franc mépris, que les milieux de finance et d'argent s'inspirent à eux-mêmes. Qui gagne une fortune du fond de son patelin en lisant des bilans et des notes d'analystes, comme tous les cadres virés, ou seulement fatigués de tourner comme des hamsters dans la roue des aéroports, rêveraient un jour de le faire. Un type qui vit comme tout le monde, et pense comme tout le monde pourrait penser. Un prophète de l'ultra-ordinaire. L'incarnation d'un désir inconscient de l'époque : celui de dissoudre dans le sens commun d'un brave type les chimères qui peuplent le cauchemar mimétique des médias. Le vengeur aussi de tous ceux que leur banalité relègue, aux marges de leurs ambitions, dans un anonymat négligé. Le Comte de Monte-Cristo du refoulé managérial. Charter sourit en lisant l'article… Il adore Warren Buffett.

Son voisin, un Émirati sans doute, regarde un film. Sur l'écran, des guerriers musculeux, vêtus de pagnes en peau de bêtes de style néolithique mais armés de façon futuriste, affrontent des dinosaures cracheurs de feu. Une grande fille athlétique, court vêtue, enduite d'une suie qui se mêle à sa transpiration de façon appétissante, prend, en action, des poses farouches, très cambrées. Elle tient bien en main un AK-47 galactique d'où gicle un rayon vert torsadé. Elle décoche aux monstres en furie des rafales qui leur arrachent de longs cris de rage, sans les faire mourir tout à fait. Le voisin arabe de Charter a l'air bien content, surtout quand un tyrannosaure pustuleux, à droite de l'écran, dévore un protagoniste après l'avoir grillé comme une saucisse dans son grand souffle embrasé. La fille, elle, résiste à tout, et continue de lutter. Le signal « Fasten seat belts » vient de s'éteindre et Charter regarde, dans la nuit, s'étendre à l'infini les gros nuages blancs qu'éclaire un reste de lumière indécise, sous l'avion presque silencieux. Il s'ennuie, comme d'habitude. De l'autre côté de la rangée de sièges, une adolescente obèse, la tête et le corps couverts d'un voile noir, manipule une console de jeux d'une main, et se cure le nez de l'autre. Charter admire sa concentration ambidextre, car les personnages virtuels dont elle téléguide l'affrontement la mobilisent autant que les concrétions qu'elle observe d'un œil neutre mais attentif après les avoir extraites de son nez. Elle jauge les plus belles pièces et parfois les roule un peu entre le pouce et l'index, avant de les enfourner dans sa bouche gourmande. Mais elle ne sourit jamais, et sa paupière lourde semble toujours sur le point de se refermer. Charter essaie machinalement de comprendre son jeu. Sa vue baisse et il n'entrevoit que des personnages un peu flous, tournant dans un décor de rochers mauves et de cactus, que des missiles tirés par l'adolescente viennent brutalement désintégrer. Depuis le siège voisin, il voit éclore les taches éphémères de ces explosions sur l'écran. Il entend aussi le bruit monotone que diffuse le jeu dans le casque de l'obèse, comme un crépitement sourd. Vraiment, il s'ennuie. Mais finit tout de même par rejoindre Barzabad.

La nuit est courte et le lendemain, tandis qu'à Paris tout le monde dort encore, il est 7 heures au Bouzmirstan. Charter, flottant dans cette banlieue triste du village global, fait un petit jogging, lève le nez vers les immeubles staliniens comme le gendarme de Saint-Tropez s'ébahit des gratte-ciel à New York, tout en prenant garde à ne pas glisser sur la neige boueuse qui couvre encore les trottoirs. Il rejoint ensuite, au petit déjeuner, un ancien haut gradé de l'armée Rouge, reconverti dans les affaires après un bref passage au gouvernement de la jeune République indépendante du Bouzmirstan comme ministre des transports et des infrastructures, après la désagrégation de L'Union soviétique. Le général l'écoute parler, prend des notes avec un stylo laqué, avec un mélange d'application surjouée et de bonhomie paternelle, garde le silence quelques instants. Il lui décrit ce qu'il sait du processus de décision du projet, puis lui demande dans un sourire : « Do you want it clean ? Semi-clean ? Or dirrrrty ? » En roulant avec une emphase caucasienne le r de dirrrrty, son sourire s'élargit encore, découvrant une superbe prémolaire en or massif, digne d'un super-méchant de James Bond. Charter sourit aussi, pour faire bonne figure. Et stupidement, entrant dans la connivence, il répond, avec une pointe d'accent de Cahors : « We like it *semi-clean.* » Dans l'avion du retour il est plein de pensées – on lui a expliqué que si le général est bien connecté, il y a d'autres clans proches du pouvoir qui sont hors de son orbite, et qu'il ne faudra pas négliger... Et tandis qu'il regarde les valises tourner sur le tapis des bagages de Roissy, sous les néons, au milieu de visages aussi las que le sien, avant de rejoindre le taxi qui l'attend avec son nom sur une tablette, il entend la question qui repasse, il revoit le sourire, la prémolaire, il médite sur les mille nuances de ce « semi-clean » qui n'a rien de rassurant. Puis sa valise, enfin, apparaît, il écarte un type pour la reprendre et rentre chez lui. Il est plus de minuit et sa femme dort déjà.

« Semi-clean... »

*

C'est vendredi soir. Charter, de retour de Barzabad, a rendu compte, portes fermées, de ses échanges là-bas. Soucieux, Desmauges quitte son bureau, range ses dossiers, téléphone à sa femme et prend la route pour la rejoindre dans leur maison de campagne, près de Fontainebleau. Conduire ne lui procure pas la détente habituelle. Les affaires tournent dans son esprit. En forêt, dans un virage, il renverse un sanglier, apparu trop tard dans le halo des phares. Couché sur le flanc, terrorisé par l'approche d'autres voitures, la bête essaie de se relever et se contorsionne, agitant frénétiquement ses pattes valides. En vain : une patte au moins est cassée, deux peut-être, et il tourne sur lui-même, allongé sur le côté. Son poil gris, très dru, brosse l'asphalte à chacun de ses spasmes. Ses yeux ronds jettent partout des regards affolés. Deux automobilistes désemparées se sont arrêtées de l'autre côté de la chaussée. Elles sont sorties et se tiennent, interdites, impuissantes, à quelques mètres de l'animal, faisant signe aux voitures pour qu'elles ralentissent. La police arrive, la bête est achevée par un chasseur, le cadavre tiré sur le bas-côté. Desmauges repart mais la commotion du choc demeure, et l'image des saccades terrorisées du sanglier ne quitte pas son esprit tandis qu'il regarde la nuit tomber sur la forêt. Il roule dans un malaise accru et la détresse effarée de l'animal laisse en lui une stridence à laquelle, de loin en loin, la dépouille sanguinolente d'un lièvre ou d'un hérisson écrasé fait écho. Peut-être faut-il arrêter le Bouzmirstan, se dit Desmauges. Si ce n'est pas trop tard…

*

On étouffe, non ?

Lecteur, assieds-toi près de moi. Pas dans ce fauteuil où tu me lis, mais là, à même le sol, au bord du trottoir. Comme un errant s'arrête, refuse d'aller plus loin. Viens regarder avec moi le visage abîmé du monde dans cette rue où, de loin en loin, une voiture passe comme une vague. Tu veux une cigarette ? Sens-tu comme tout ce qui colle, tout ce qui enlaidit gagnent nos vies ?

Tu te demandes peut-être : le narrateur de cette histoire, où est-il dans ces couloirs obscurs, dans cette blancheur morte des aéroports ? Va-t-il traverser la scène discrètement, impassible dans le champ de la caméra, à la façon d'Alfred Hitchcock, pour signer son récit ? Ou faire entendre son rire derrière le rideau, comme un démiurge dont le pied fourchu dépasse sous l'étoffe ?

Je croirais plutôt que son ombre est pulvérisée dans ces antichambres de la Compagnie Fermière comme un nuage, un nuage de gaz chagrin qui se condense au bord des larmes. Et je ne crois pas qu'il grisonne là, vingt ans après, comme D'Artagnan dans l'antichambre de Mazarin... Non, je l'aperçois : il est loin.

Loin mais pas seul.

À la fin de l'année 1748, un lettré chinois, haut fonctionnaire prometteur ayant réussi un à un les examens littéraires, inscrit dans l'ordre immuable du pouvoir impérial, fermait doucement derrière lui la porte de son bureau – ainsi dirait-on aujourd'hui – et, un imperceptible sourire aux lèvres, acquérait la villa Sui, ceinte d'un jardin abandonné dans les faubourgs de Nankin. « Après trente longues, longues années, écrit-il, à mon tour je viens y soigner les fleurs et les bambous. » Il était né en 1716. Lors de sa vie d'administrateur, des anecdotes recueillaient la sagesse amusée avec laquelle il réglait les problèmes des gens. Cultivant ses amitiés, il s'éloigna pourtant avec une douce inflexibilité de la carrière qu'on lui préparait, lui préférant les crêtes montagneuses qui dentelaient le brouillard, la cuisson des légumes dont il s'émerveillait, les plaisirs de l'hiver et l'accueil des amis. Comme Montaigne, il souriait au mouvement de l'âge en lui, et s'amusait de ses faiblesses. Il ne voyagea loin, pour son plaisir, qu'à partir de soixante-quatre ans, fidèle au principe confucéen qui veut qu'on reste proche de ses parents, tant qu'ils sont en vie. Les voyages forment la vieillesse… De longues marches l'emmenèrent plus loin et sa joie ne fit que grandir. À quatre-vingts ans passés, peu avant sa mort, lors d'une convalescence, il écrivit ces vers :

« Dans la nuit noire je ne voyais pas le jour
Sous ce ciel de ténèbres soudain une lumière
Comme si je bénéficiais d'une amnistie annoncée
Par le coq d'or »

Deux siècles plus tard, le 17 septembre 1923, dans une autre maison de bois, une maison de pauvres louée sur une colline de l'Alabama, naissait un gamin maigrichon. Hiram « Hank » Williams, enfant d'une famille de petits Blancs du vieux Sud ségrégationniste, apprit la guitare auprès d'un vieil homme noir, Rufus « Tee-Tah » Payne. Il dira plus tard qu'il lui devait tout. Il apprit la musique, qu'il ne sut jamais vraiment lire ni écrire. Commença à chanter à dix ans, à boire à onze. Devint une légende de la country music. Sa voix était déchirante. Il écrivait ses chansons sur la route, sur des papiers de fortune, au dos des prospectus et des programmes. Un jour sa mère, une forte femme qui veillait et n'hésitait pas à le défendre dans les bars, un tesson de bouteille à la main, le ramena de tournée, à demi endormi dans les vapeurs d'alcool, ivre à l'arrière de la voiture. Il gémissait. Elle vit briller dans la nuit la tour de contrôle de l'aéroport de Montgomery, Alabama. Elle lui dit alors pour le rassurer : « On arrive. J'ai vu la lumière. » Il en fit aussitôt une chanson. « I saw the light ». Une chanson de rédemption qui accompagnerait des millions de gens. Dans une autre chanson, il évoque un oiseau à l'image de sa tristesse : « A bird who sounds too blue to fly. » Dans ses émissions de radio, depuis Nashville, Tennessee, il se glissait parfois dans la peau d'une sorte de double vocal, Luke the Drifter, qui donnait à son public des conseils de sagesse. Lui n'en suivait aucun. Se consumait. La douleur dévorait son dos, l'alcool rongeait sa gloire, mais rien ne l'empêchait de reprendre la route. Quelques années plus tard, dans la nuit du 1er janvier 1952, roulant vers l'Ohio pour un énième concert, prostré à l'arrière d'une Cadillac sur une route de neige à l'approche d'Oak Hill, Virginie, une route noire et blanche au milieu de nulle part, le dos corseté dans une attelle d'acier et de cuir qui, pas plus que la morphine administrée par un médecin à l'étape précédente, n'arrêtait la douleur, il vit la lumière, de nouveau. Puis s'éteignit, à 29 ans.

« I saw the light
I saw the light
No more darkness
No more night »

Yuan Mei s'éloigne du monde et se retire dans sa maison avec ses pinceaux, son papier, son sourire et presque rien.

Hank Williams quitte sa masure et entre dans le monde, une guitare à la main, avec sa faim de vivre, sa voix d'or, sa douleur et presque rien.

Ils cheminent. Et dans le presque rien trouvent la liberté.

Du chemin éloigné où Yuan Mei et Hank Williams lui tiennent la main, l'ombre du narrateur, peut-être, sourit de presque rien en te racontant cette histoire où personne n'est libre.

Elle va la terminer.

TROISIÈME PARTIE

1568. La soldatesque du duc d'Albe est entrée, en plein hiver, dans le village. Trois reîtres aux uniformes noirs restent à cheval, raides sur la selle au centre de la place, devant l'église, embrassant du regard toutes les scènes de pillage, de viol, d'écorchement auxquels leurs hommes se livrent. De là sans doute ils peuvent apercevoir tel ou tel fuyard en lisière des masures aux cheminées encore fumantes, s'emparer de lui pour qu'aucun n'en réchappe. Et comme autant de vignettes autour d'eux, des petites scènes de crime où la cruauté se donne libre cours. Une pauvre femme bien en chair que troussent deux soldats hilares, non loin de son mari déjà décapité, une vache que tirent hors de l'étable trois valets hirsutes, soldés sans doute par Sa Majesté Catholique pour servir d'auxiliaires aux cavaliers noirs. Permanence du mal…

Le Président passe au tableau suivant, où les mêmes paysans patinent sur la glace dans un entrain joyeux, compères et commères tournoyant dans un badinage hivernal sous l'œil de corbeaux postés en lisière, sur les branches décharnées. Bruegel. La vieille Europe. Un monde dont il comprend la langue et les codes. Fronçant un peu le sourcil pour mieux voir, il s'approche des personnages pour admirer le détail de leurs expressions. Le décolleté d'une matrone accorte, l'œil égrillard d'un buveur. Et les corbeaux. Semblables, songe-t-il, aux reîtres du tableau précédent, par leur raideur anguleuse, leurs regards fixes. Oiseaux presque métalliques, mornes et monochromes, si loin de la robe gracieuse des mésanges et des chardonnerets. Ils sont au règne des oiseaux ce que les noirs cavaliers du duc d'Albe sont aux paysans égayés par le vin et la danse avant d'être, par les hasards d'une histoire lointaine, suppliciés par la soldatesque, pour l'exemple. Pour que la peur s'impose, et pèse. Et ces histoires sombres où se ramifient les mauvaises influences, ce lacis dont chaque nœud révèle une maladresse, reviennent à son esprit, ce pauvre Ferone qu'on a battu à mort à Marseille, dans une ambiance de série noire... Cette barbarie obscène qui vient rompre l'écheveau subtil de ses calculs et de ses plaisirs. Les corbeaux lui rappellent les miliciens du Bouzmirstan. Il doit rentrer le lendemain à Paris, et sait qu'il va falloir prendre des décisions désagréables.

*

Le Capétien regarde Desmauges dans son bureau aux laques sang-de-bœuf. Il entre en matière sans fioritures, désireux de rester au ras des faits dans un style militaire, sans se draper dans un rôle.

« Ton type en Italie...

— Puy-Roquette ?

— C'est lui a qui déconné. Une chèvre de salon... Enflé, vaniteux... Un connard laqué... Il a demandé aux Italiens de vous aider au Bouzmirstan... Les Génois du *Salotto buono* lui ont présenté d'autres gens, beaucoup moins présentables. Qui, à leur tour, lui en ont présenté d'autres... Moins fréquentables encore. Avec qui ton équipe – un certain Terrier notamment – a fait affaire, finalement. Voilà leurs pedigrees... » Il pousse une chemise vers Desmauges. Trois feuillets sans en-tête, en haut à droite de chacun deux photos d'identité de police judiciaire, face et profil. Patibulaires.

« J'ai aussi quelques PV d'écoutes, que nous a passé la Guardia di Finanza... Vos "correspondants" italiens, qui sont probablement liés à la 'Ndrangheta calabraise, font des affaires dans les satellites ex-soviétiques. Beaucoup d'armement, des stocks de l'armée Rouge. Des travaux publics... Du plus sale aussi. Des gamines... Sur la concession des eaux de Barzabad, tes types ont fait des promesses, et les Italiens que tu vois sur ces photos s'en sont portés garants auprès de leurs copains de la steppe. Je crois que les promesses n'ont pas été tenues...

— Ferone ?...

— Probablement eux... Un message pour vous rappeler les impayés. Une sommation. Le risque, c'est qu'ils ne s'arrêtent pas là. »

Desmauges regarde ses chaussures. Ce folklore ambigu qu'a été sa vie depuis son bizutage en école d'ingénieur, toute cette arrière-cuisine friponne où mijotait, autour d'un verre de bon vin, la petite soupe française, les vieux amis, les arrangements, les affaires et la politique locale, magma d'intrigues marrantes, soupers fins et remises de décorations. Ce qu'il avait aimé, au fond. Voilà que cette scène dérisoire dont il a joui en marionnettiste habile se déchire comme le décor d'un théâtre évacué. Vide. Et derrière les lambeaux de toiles peintes se révèle le monde nouveau, blême et surexposé, traversé de violences inconnues dont il n'a pas les codes.

*

Brac est de retour au ministère de l'Intérieur, dans le bureau de Mangin, qui lui a demandé de passer le voir un samedi. Presque une convocation. Il fait grand jour, cette fois, Mangin ne propose pas de café à son camarade, il lui tend une « note blanche », sans en-tête ni signature, lui demande de la lire et lui dit qu'il ne pourra pas la lui laisser. Il y est question du Bouzmirstan, de pactes corruptifs, de promesses non tenues, de l'agression de Ferone. Hypothèses. Indices. Quelques faits. Quelques noms. Celui de l'ex-général *semi-clean* et de quelques autres nomenklaturistes bouzmirstanais, celui de trois cadres de la Compagnie Fermière : Terrier, Lafont, son adjoint, et Puy-Roquette. Brac lit deux fois, rend la note à Mangin qui résume sa pensée : « Je ne t'ai rien dit. Les dirigeants du groupe ne sont pas cités. Pas encore. Toi non plus. Mais il faut faire le ménage. Vite. Tu as vu l'article de Dunaire, qui fait état de l'enquête du Parquet, des gardes à vue, s'interroge sur les liens de tout cela avec l'agression de votre type dans le Sud.

— Je l'ai lu. Je ne sais pas dans quelles poubelles il est allé fouiller, mais sur l'Italie au moins, il est bien informé. Sur le reste, il est prudent, et il a raison, sinon on lui fout un procès en diffamation…

— Vraiment ? demande Mangin d'un air narquois. Parles-en à tes anciens… Le déballage judiciaire, c'est pas trop leur truc. On sait où ça commence, pas où ça s'arrête… »

*

Dunaire prend un café près du journal, à l'angle du boulevard Arago. Il devise avec un collègue du service politique. « Tu vois Martinez, la Mafia sicilienne, tu peux en chercher l'origine dans la nuit des temps, mais en gros, quand elle se dessine vraiment, au milieu du XIXe siècle, ce sont les intendants des grands propriétaires, des jardins d'oranges de Palerme et d'ailleurs, qui en forment l'ossature. Des gens qui débarrassaient les familles nobiliaires de leurs soucis, mais devenaient insensiblement les maîtres du jeu : chefs de milice, pourvoyeurs d'emplois, briseurs de grèves, répartiteurs de prébendes, rassemblant un à un les fils de l'ordre social et du gagne-pain de tout le monde entre leurs mains. La dialectique du maître et de l'esclave si tu veux : s'inclinant devant ceux de qui ils tenaient leur fonction, à l'ombre desquels ils construisaient leur pouvoir, mais régents de ces mondes d'en dessous dont les nobles paresseux n'étaient plus que les rentiers lointains. Eh bien, les délégataires de service public mon vieux, c'est un peu pareil, le sang en moins : prosternés devant les élus de la République dont ils tiennent leurs contrats, s'effaçant pour leur laisser la lumière des inaugurations et des bilans flatteurs, mais maîtres d'un jeu qu'ils sont seuls à comprendre, et de circuits d'argent dont les partis sont heureux de récupérer leur part. »

Il commande un deuxième café. « Et là, on dirait que rien ne va plus. Quelle catalyse, mon vieux ! Tout se désintègre ! Tous nos vieux singes en costume trois-pièces, nos Machiavel de sous-préfecture avec leurs manigances, leurs grimaces à but lucratif, leurs ficelles comptables, leur encaustique et leurs patins, tout ça est en train de tomber en poussière "à l'export" comme ils disent platement, au contact de la brutalité des cosmo-voyous ! Pour tenir leur rang dans le jeu mondial où la taille du groupe les entraîne, nos vieux forbans décorés de la Légion d'honneur doivent se colleter des oligarques tatoués qui ont fait fortune en une nuit en rachetant pour trois sous des actifs publics, des chefs de milice transformés en chefs d'État, des pillards parvenus en politique qui ont peu de temps pour s'enrichir, planquer le fric et foutre le camp pour se mettre à l'abri... Ils méprisent tout ce qui n'est pas bref et brutal comme eux : les longues alchimies contractuelles de nos vieux bonzes les font ricaner. Fini le tissage arachnéen à l'ombre des clochers, l'entre-soi des bonnes tables où le chef étoilé vient saluer les convives à la fin du dîner ! Là-bas tout s'achète. Vite. Ce qui ne s'achète pas, on le vole, et ce qui résiste, on le tue. La vieille dentelle de contrats ambigus des patrons de la Compagnie Fermière, où l'intérêt général rejoint celui des actionnaires par des arguties tortueuses, gauchies à souhait : à la décharge tout ça ! Penser global, agir brutal ! Payer, cogner, voler, tuer s'il faut, et en voiture Simone ! Je les sens désemparés, nos mandarins. L'empire se fissure…

— Tu enquêtes ?

— J'enquête… Je progresse… »

Martinez sourit.

Personne n'aime beaucoup la Compagnie Fermière.

*

À la Compagnie, justement, on s'agite.

Ce matin de février, Évelyne Ducrot, directrice des ressources humaines, passe la tête dans l'embrasure du bureau de Jean-Pierre Sarlat, magistrat détaché dans les fonctions de déontologue du groupe. Car la Compagnie, à présent, a un *déontologue*. Quand son nom est évoqué, la vieille garde hausse les épaules ; en réunion, quand il intervient, ses membres échangent des regards entendus. Une note interne a annoncé son arrivée, et précisé son rôle : signée du secrétaire général, elle souligne notamment que « La création de cette fonction ne doit pas être considérée comme une contrainte exogène à nos activités, mais comme partie intégrante de notre proposition de valeur ». Il y est question de *whistle blowing* : le chef d'agence de Carcassonne, un grognard qui ne parle pas l'anglais, a demandé la traduction de ce terme à l'un de ses jeunes collaborateurs, sorti des bonnes écoles. « Ben… Si je vous dis souffler dans le sifflet… En fait c'est plutôt… Délation… » a répondu le jeune homme… La réponse a plu. Elle circule.

Après quinze ans d'une carrière de parquetier diligent et docile, Jean-Pierre Sarlat s'était porté candidat, avait-il expliqué à sa hiérarchie, à cette fonction pour « faire l'expérience de l'entreprise ». Il faisait de grands efforts pour se présenter, non comme un mouchard interne ou un gage donné à l'hypocrisie ambiante, à cette *compliance* imposée notamment par la cotation prochaine du groupe à la Bourse de New York, mais comme un recours de sagesse, un aîné bienveillant, sachant faire la part des choses et aider ses ouailles à la faire. Mais rien n'y faisait, sa présence était vécue par le canal historique comme un désaveu confinant à l'injure, et par les cadres de terrain comme la mise à nu d'une contradiction mal assumée entre les besognes qu'on leur demandait d'accomplir et le désir des hauts dirigeants de réduire leur risque pénal. Et de son intuition gasconne, effilée sous l'hermine, Sarlat le sentait. Comme il sentait, au fond, que ce monde de brutes sourdement hostiles au pacte subtil qu'il leur proposait ne l'adopterait pas, et que le mieux qu'il pourrait faire serait de reprendre rapidement sa carrière de magistrat, après un temps suffisant pour que cette « expérience » pût, en quelque façon, être portée à son crédit. Pas facile. Deux ans, peut-être trois ? En attendant, il fallait tenir… Les barons du groupe lui posaient avec ostentation des questions de caractère quasi philosophique qui l'accaparaient. Ils l'obligeaient, goguenards, à rédiger des avis que chacun, ensuite, disséquait avec une malveillance gourmande. Ils gardaient pour le whisky du soir, avec leur garde rapprochée, la vraie part d'ombre des affaires.

*

Evelyne Ducrot passe donc la tête ce jour-là avec ce sourire faux, plein de plis, qui est son masque ordinaire. Sarlat décidément ne l'aime pas, bien qu'il suffoque dans le monde sans femmes de la Compagnie Fermière ; il la trouve commune et quoi qu'il ait décidé, une fois pour toutes, de se prêter au copinage ambiant avec l'indulgence résignée d'un évêque aux armées, la connivence aguicheuse d'Évelyne Ducrot blesse en lui un reste de dignité judiciaire.

« Je te dérange Jean-Pierre ?

— Mais pas du tout chère Évelyne, tu ne me déranges jamais, assieds-toi. Veux-tu un café ?

— Si tu en prends un, je ne dis pas non » (cette manie de dire « je ne dis pas non » au lieu de dire simplement « volontiers, merci » agace Sarlat).

« Que puis-je faire faire pour toi ?

— Oh c'est trois fois rien. Je reçois tout à l'heure Richard Terrier…

— Richard Terrier…

— Tu sais, c'est ce cadre qui a des ennuis à propos de l'Italie, ou de l'Asie centrale, enfin je ne connais pas les détails, les marchés à l'international…

— En effet… C'est compliqué, remarque Sarlat avec une moue pensive, pour dire quelque chose.

— Très compliqué ! renchérit Évelyne Ducrot (tu n'en sais rien, idiote, pense Sarlat).

— Eh bien ?…

— Eh bien on m'a demandé de le recevoir pour sonder ses prétentions financières s'il doit quitter le groupe. Je voulais savoir s'il y avait des précautions à prendre, je ne sais pas trop, mais enfin, bon, voilà, vu qu'il va peut-être être inculpé…

— Mis en examen. Des précautions ?…

— Enfin je ne sais pas trop, c'est plutôt un brave type, pas un grand manager tu vois, plutôt un commercial à l'ancienne, mais enfin, bon, vu qu'il est presque inculpé, il y a peut-être des choses à dire ou à ne pas dire, moi ces affaires pénales ce n'est pas mon domaine, enfin voilà je me suis dit qu'il valait mieux prendre ton conseil avant de le voir.

— Je comprends… Mais tu sais, il est présumé innocent, et le sera même s'il est mis en examen ; il est normal que tu le voies, il n'y a pas de précautions particulières à prendre ! » (Elle me fait perdre mon temps, sur le dos d'un pauvre type qu'elle dézinguera le moment venu…)

La voix onctueuse de Sarlat met en valeur la concision dont il est décidé, ce matin-là, à ne pas se départir, résolu, par cette économie de propos, à tendre à sa visiteuse le miroir où se reflétera la vulgarité profuse de son bavardage. Elle le sent et bat en retraite.

« Ah de toute façon, bien sûr, évidemment, on ne laisse tomber personne, là-dessus on est de la même école toi et moi, non mais voilà, je voulais juste savoir… Je ne te dérange pas plus ! » Elle finit son café et sort rapidement, après trois propos badins auxquels il répond de même.

« Beau métier que directeur des ressources humaines, pense Sarlat. Mon grand-père faisait ça sur les foires, en Périgord : on tâte la bête, on la flatte, on l'achète, on la caresse, on l'engraisse, on vit avec elle, on lui parle, on la cajole, on la trait, puis un jour on la mène à l'abattoir, sans rancune, dans cette proximité d'habitudes que l'on a entretenue. Capital humain disent-ils. Cheptel… C'est le même mot. Mais ils n'ont pas l'oreille latine, pense-t-il avec une pointe de vanité heureuse, qui lui rappelle qu'ils ne sont pas tout à fait du même monde. Et cette façon d'arriver avec des déhanchements de harengère, puis de sortir à reculons de mon bureau en se dandinant, comme un Scapin femelle… »

Il regarde sa montre ; il n'est que dix heures et une longue journée de tracas s'annonce…

*

Bernard Baranges, l'adjoint d'Évelyne Ducrot à la DRH, a fait de la brutalité son fonds de commerce. Si sa patronne dissimule sa profonde indifférence aux êtres sous des airs de cantinière au grand cœur, copinant avec la troupe pour tâter son moral avant de faire son rapport, Baranges, lui, affectionne un cynisme bonhomme et brutal. Bon technicien de la négociation collective, gros travailleur, il endosse le mauvais rôle avec gourmandise. Il travaille à un projet de réduction graduelle des rémunérations des cadres âgés. « On ne peut pas garder Renée Fesselle jusqu'à la retraite parce qu'elle était la maîtresse du maire de B*** il y a vingt ans, quand on a gagné la concession ! Ou alors, il faut baisser sa rémunération ! crie-t-il à un collaborateur, à travers sa porte ouverte... J'en ai près de quarante comme ça sur ma liste... Il va falloir leur parler ! »

Jérôme Lafont, l'adjoint de Charter, est un des quarante. Il arrive tôt, habitude d'ingénieur. On l'a fait déménager trois fois en deux ans, au fil des réorganisations, et il n'a pas gagné au change. Son nouveau bureau, avec vue sur la cour, est sombre ; le désordre proverbial du précédent ne s'y est pas encore reconstitué, mais la discrète odeur de rat musqué qui imprègne ses affaires y est déjà perceptible, depuis l'ouverture de ses cartons. Ses collègues la remarquent. Pas lui. Il voit bien que sa carrière stagne, s'en console un peu en se glissant, insensiblement, dans la peau du sage, ou du « sachant » – un mot qui devient à la mode dans le jargon de la boîte. Par petites touches, il fait le deuil de ses ambitions, et s'aménage un réduit symbolique où l'idée qu'il a de lui-même puisse trouver refuge sans s'anéantir tout à fait. Sa vie rétrécit ; il se cherche des centres d'intérêt, s'est mis au chinois, prend du poids, lit beaucoup, continue de jouer au Sudoku dans le RER qu'il prend chaque matin en bout de ligne, de sorte qu'il peut s'y asseoir. Il aime parler culture à la cantine, y a gagné le surnom de *Pariscope*. Quand on lui a proposé deux ans plus tôt un poste d'adjoint de Terrier, peu féru de technique, il a accepté, moins par enthousiasme – à cinquante-trois ans, ce n'est pas un saut de carrière – que par un désir confus de sortir de ces fonctions d'expertise floues où on le relègue avec des égards ambigus pour sa science supposée du métier. Dès le démarrage du premier contrat turc, les contrôles de la qualité de l'eau et du respect des normes d'assainissement, que personne, dans l'administration locale, ne s'était avisé de conduire pendant des années, quand le service était public, se sont succédé, et les constats d'infraction multipliés. On y a trouvé de l'arsenic – présent dans les sols depuis toujours, mais on ne vérifiait pas –, quelques coliformes en vadrouille… Parallèlement, une enquête se déploie sur les conditions de l'appel d'offres, et la police locale a fini par passer les menottes, un beau matin, à son collègue dirigeant de la filiale qui portait le contrat. Lui qui était en France ce jour-là, pour voir sa famille, a appris qu'il était également poursuivi. On lui a conseillé de ne pas voyager dans l'immédiat. Là-dessus est venue l'affaire du Bouzmirstan. Il y est allé trois fois avec Terrier pour des entretiens techniques, le commerce n'étant pas sa partie, mais la police l'a entendu, lui aussi. Depuis, il erre dans les couloirs du siège, essayant de se rendre utile et menant çà et là des travaux de prospective technique à la visée incertaine. Les seuls points forts de sa vie sont à présent ses rendez-vous réguliers avec l'avocat que la Compagnie lui fournit. Cette procédure, dont il est la victime collatérale, a fini par pimenter un peu son existence : malgré l'anxiété, il est tonifié par le brusque réveil de son instinct de conservation, et intellectuellement stimulé par les méandres d'une affaire où son esprit avide de logique, rassis d'ennui, trouve un aliment inattendu.

*

Ce soir-là, Lafont a regagné son bout de ligne du RER. Il est rentré tôt, décidé à lire Babar à sa fille de neuf ans. Il choisit *Les Vacances de Zéphyr*. Débuts idylliques : Zéphyr le petit singe rejoint ses parents, qui habitent comme leurs voisins des cabanes futuristes dans les arbres. L'image est tellement jolie... L'enfance du monde, prise dans une gangue de modernité désuète. Mais l'horizon s'assombrit. La princesse Isabelle a disparu et Zéphyr part à sa recherche, poussant sa barque vers les flots. Sur un îlot, une vieille sirène au long museau lui délivre d'une voix vacillante, du fond de sa grotte cernée par les flots, des oracles amusés : Crustadèle. Zéphyr écoute cette créature étrange. Et comprend, grâce à elle, que ce sont les Gogottes, ces êtres étranges aux formes inconnues, qui ont fait le coup. Crustadèle le lui explique : s'ils kidnappent toutes sortes de gens sous la conduite de leur chef Polomoche, laissant derrière eux une odeur de pomme pourrie, c'est dans l'espoir d'être distraits, car ils s'ennuient. Et quand il s'ennuie, Polomoche les change en cailloux. Comme l'aveu de l'ennui soulagerait le monde, pense Lafont... Au lieu de quoi chacun s'applique à donner le change, à vanter sa vie « passionnante », et tout sonne faux. Lafont aussi changerait bien les emmerdeurs en cailloux. Les maîtres du jeu et leurs fayots : tous encailloutés ! En songe, il invoque Crustadèle. La vieille sirène extra-lucide l'attend au fond d'une grotte aussi sombre que celle où Mélisande a perdu sa bague. Il lui semble que Crustadèle a quelque chose à lui dire… Cette odeur de pomme pourrie, dans le sillage… Lafont tourne les pages, sourit à sa petite fille intelligente que la quête de Zéphyr envoûte, et que Polomoche inquiète un peu, malgré sa bonne bouille de vache jaune.

*

Charter a vu la DRH, Évelyne Ducrot. Il a senti le danger. Lafont aussi. La menace d'un lâchage se rapproche et l'odeur de pomme pourrie de Polomoche flotte dans les couloirs. Faux-semblants, reproches diffus. Tandis que Lafont se recroqueville dans une mélancolie fataliste, philosophique et vaguement rêveuse, Charter, en vieil hyperactif, décide de lutter pour sauver sa peau, et de s'adresser aux vrais pouvoirs. Il est reçu discrètement par le petit homme au nom corse, aux yeux bleu ciel – toujours lui, on le dit tellement influent –, lui confie son angoisse de vieux serviteur pris au piège, sa crainte d'être sacrifié. Lui demande son aide, un conseil… Le petit homme l'écoute en silence. Lui prodigue quelques paroles compréhensives, que dément son regard inflexible. Lui suggère de voir Laporta, le patron historique du chauffage urbain, l'homme des vieux pactes et des coups durs. Il lui laisse entendre qu'il saura le comprendre, mais ne s'engage pas trop devant ce soldat perdu, ce pauvre type initié à rien que la prudence collective impose pourtant de ne pas jeter comme un Kleenex inflammable entre les mains des juges. Et ce matin, à l'heure du café qu'on ne lui a pas proposé, Charter est reçu par Laporta.

*

Un petit rapace. Le nez busqué, les traits à la serpe, et surtout ces yeux ronds, fixes, étroits, ces yeux où passent de mauvaises lueurs et qu'il tourne vers vous, brusquement, après avoir longuement contemplé ses chaussures. Évoque-t-on devant lui un ennemi – ou pire, un allié dont la loyauté peut être mise en doute –, le noir devient plus noir encore, et s'emplit d'un fiel concentré. Laissez venir à moi les petits bruits, les petits rapports, les petits secrets, venez à moi, tous, et cédez, s'il se peut, à l'espoir de me plaire par quelque délation incidente, minuscule, entrez, un instant, avec moi dans le soupçon, et vous verrez s'ouvrir l'intimité du Maître, un instant, venez… La honte ? Quoi, pour si peu ? Rassurez-vous, elle ne sera pas de la partie, on est entre hommes, on sait de quoi on parle, il faut voir la réalité en face, et puis on n'y regarde pas de si près, vos petits rapports n'intéresseraient aucun directeur de conscience, pas plus qu'une mouche ne déclenche une alarme…

Patelin, protecteur, modeste, familier… Les nouveaux venus ressortent charmés ; les habitués, attendris par sa camaraderie de vieux soldat. Qu'importe qu'elle soit patinée par une vie plus tortueuse qu'aventureuse, que des réactions de fauve, mal contenues ou mises en scène, viennent parfois déchirer le voile de sa sollicitude ou pointer à travers lui comme un poignard sous un drap ! Ses phrases simples rappellent des choses simples, sa lassitude dit à ses fidèles : je prends les coups pour vous… Un je-ne-sais-quoi dans son regard ajoute : et je les rends à ceux qui le méritent… Par une anecdote partagée en confidence sur la naïveté d'un collaborateur félon, « cynique naïf » dit-il, observé à son insu, châtié à l'improviste, humilié dans ce même bureau « entre quatre yeux » – mais combien d'oreilles entendront ce récit ? –, il marque discrètement sa confiance à l'interlocuteur… Et l'avertit du sort qui attend les candidats à la trahison.

Lui propose-t-on quelque projet qui l'intrigue, menaçant sans qu'on en ait conscience certains de ses secrets calculs, il vous scrute longuement, soupçonnant une manœuvre, tandis que les chiens invisibles de sa méfiance tournent autour de vous, vous reniflent, vous montrent le bout d'un croc dans le silence étouffant de son bureau. Il laisse durer ce silence, afin qu'on l'endure, qu'on en pâtisse, que dans ce malaise se forment, peut-être, d'infimes fissures par où se révélera l'intrigue, la trahison qu'il soupçonne toujours. Et pendant ce temps, il calcule. Il calcule aussi vite que possible, mais moins vite qu'on ne le pense : pendant ce temps dont il a besoin, où son esprit, plein d'une rage anxieuse, cherche partout le danger, flaire çà et là l'avantage possible, il faut que l'interlocuteur soit tenu en respect.

Le portrait pourrait s'arrêter là. Mais il y a autre chose, aussi, dans cet œil. Autre chose que l'éclair du chasseur jaugeant sa proie avant de la saisir, l'intimidant, la paralysant, autre chose que le coup d'œil vif du reître qui, ayant tant de fois combattu, sent le danger avant les autres, et s'en protège avec sang-froid. Autre chose même que la lueur qui s'y allume quand, examinant un fait à la lumière de cette cartographie du pouvoir qu'il s'enorgueillit de si bien connaître, il éprouve une sorte d'ivresse à discerner bien avant les autres quelque malice encore indécelable, à deviner derrière l'apparence des choses l'avancée d'un adversaire qui, sans doute, ne se croit pas encore démasqué.

Cette autre chose, c'est le mensonge. Malgré sa froide détermination, sa dureté légendaire, ses gestes secs de centurion sur la brèche, l'économie de mots et de gestes que lui dicte son sens rassis par le combat et l'intrigue, il est là. Au cœur de cette armure martelée, ciselée par tant de coups donnés et reçus, la frontière qui sépare la vérité du mensonge, mille fois traversée, est à présent effacée, abolie. Le tracé s'en est perdu et il la franchit sans même s'en rendre compte, s'étonnant quand on ne le croit pas.

*

Charter raconte tout à Laporta, qui ne lui en demande pas tant : comment on l'a envoyé au charbon – du moins l'a-t-il compris ainsi –, comment il a tâtonné, entre l'Italie et le Bouzmirstan, cherché et trouvé des chemins dans ce pays lointain, comment on l'a, ensuite, laissé prendre des engagements verbaux qu'on n'endosse plus, qu'on renie. Laporta fulmine, son regard flamboie : ce type est en train de lui raconter des trucs qu'il ne doit pas savoir, il est manifestement hors de contrôle, il est trop con pour qu'on l'aide, trop compromis pour qu'on le laisse tomber. S'il l'abandonne à sa bêtise, il s'aliène Desmauges et le canal historique, ses plus fidèles alliés ; s'il l'aide, il apparaît comme l'homme des vieilles combines et donne des armes à son concurrent dans la lutte pour la succession du Président.

Car si le Président a des rémoras, collés au ventre du vieux requin dans une succion perpétuelle et paisible qui confine à l'extase, comme Brac, il a aussi deux dauphins. Il en a eu plusieurs qui, un par un, se sont brûlé les ailes dans l'antichambre vénéneuse où leur ambition languissait. Mais les membres du conseil d'administration n'ont pas caché au Président qu'il devra bientôt passer la main. Et si Laporta est encore dans la course, la faveur semble se porter sur un homme encore jeune, catholique affiché au visage poupin dont le mélange de cynisme, d'audace et d'odeur de messe l'a d'abord amusé, puis fasciné quand il a discerné chez lui une agilité et un aplomb qu'il ne trouvait pas chez ceux qui, depuis dix ans, s'engluaient dans ses tissages arachnéens. Tout jeune, Petitjean avait émergé dans le sillage d'un Premier ministre avec lequel il avait privatisé les entreprises publiques à tout-va. Deux ans d'une droite qui avait macéré longtemps dans la naphtaline revancharde avant de revenir aux affaires, d'une droite de salon, reaganienne mais musquée, mimant les vieux usages et flattant les nouveaux riches, deux ans au cours desquels une avalanche de manteaux Loden verts s'était abattue sur la France : il flottait sur les provinces une ambiance de gâteaux emballés à la sortie de la messe dans de petits paquets pyramidaux, suspendus au ruban que de vieilles mains dévotes, potelées, baguées et mouchetées de taches brunes, tenaient à deux doigts. Une cour de jeunes hommes avait pris le pouvoir à l'ombre des vieillards, dans une ambiance vaticane où le patron, de sa voix toujours enrouée, susurrait des plaisanteries licencieuses qui sentaient l'Ancien Régime et les petites maîtresses, donnait des leçons d'élégance et trébuchait sur le subjonctif imparfait. Laporta pense donc à Petitjean, son rival, en regardant Charter qui transpire devant lui, dans son costard bon marché, comme un cycliste en plein mois d'août, et dont l'assurance se délite sous son regard. Exaspéré, il détourne les yeux. Charter le voit et perd pied. Laporta voit la grenade dégoupillée de ce type qui perd confiance, en dit trop, se décompose. Il n'arrive pas à le stabiliser et finit par le reconduire en l'incitant au sang-froid et à une discrétion absolue, après quelques paroles de réconfort peu engageantes pour lui, par lesquelles il marque tout de même, incidemment, que s'il n'est pour rien, vraiment pour rien dans cette affaire, il voudrait l'aider car il n'abandonne personne.

Personne.

*

En sortant, Charter comprend. En tout cas, il a l'impression de comprendre, il se voit tout minable dans les rouages du monde, perdu d'avance dans un jeu de l'oie dont les dés sont pipés ; il sort et marche au hasard, sans repasser par son bureau, descend vers la Seine. Il la suit jusqu'au Louvre et là, saisi à l'improviste par une averse d'orage parmi les touristes, il achète à un vendeur à la sauvette sri-lankais un parapluie à cinq euros. À peine ouvert, la bourrasque le retourne, démantèle les armatures de fer-blanc, déchire la toile noire. Alors Charter s'imbibe, résigné, conscient de camper là, sous la pluie battante dont chacun s'abrite, une sorte de personnage dérisoire, à mi-chemin de l'éponge et de l'épouvantail, immobile, détrempé de malheur, au bord des larmes. Des larmes que personne n'apercevrait, d'ailleurs, tant il pleut.

*

Ce soir-là, Brac monte l'escalier de l'Automobile Club de France pour se rendre à un dîner où se retrouvent les puissants, ceux qui l'ont été et ceux qui aimeraient le devenir, laissant l'ascenseur à des membres plus âgés. Chacun se promène avec l'annuaire du jour. À l'apéritif, on troque des rendez-vous, des numéros de téléphone, des recommandations. Filmé depuis les lustres surjacents, ce ballet révélerait des polarités, certains crânes dégarnis en attirant une nuée d'autres, comme des billes sur une table aimantée, quand d'autres au contraire restent isolés, comme repoussés par un magnétisme mystérieux : ceux-là ne connaissent pas grand monde, plongent dans l'annuaire comme pour y vérifier quelque chose, se donner une contenance en attendant le dîner, circulent constamment avec l'air de chercher quelqu'un pour ne pas être repérés dans ce délaissement. « Il faut que je te voie » dit Untel à tel autre, en passant derrière lui et en passant la main sur son dos sans interrompre sa conversation. Les pourvoyeurs de prébendes sont les plus entourés. En majesté, le directeur général de la Caisse des dépôts et consignations, l'arrosoir national, qui finance tout ou presque : les obligés tournent autour de lui comme les otaries d'un parc aquatique quand se distribuent les sardines, après un numéro.

Mangin prend Brac par le coude, l'attire dans une embrasure. « Ça ne s'arrange pas, votre truc. Je crois que l'instruction va fuiter dans la presse. Il faut préparer des éléments de langage. Qu'attendez-vous pour faire le ménage ?

— Tu as raison. On en parle en comité exécutif lundi. Je relaierai ton point de vue. »

Un troisième homme se joint à eux, la conversation s'interrompt.

*

Loin de là, en banlieue, deux hommes devisent. « Qu'est-ce que tu fais là-dedans ? » demande à Lafont son vieux camarade de l'École polytechnique, un chercheur en astrophysique proche de l'extrême gauche. Ils parlent autour d'une bière dans un café tenu par des Asiatiques, qui l'ont orné de photos de chiens et de bibelots porte-bonheur. L'arrière-salle où ils sont assis sent le graillon sous le désinfectant.

« Tu gagnes bien ta vie mais la cause est mauvaise, et en plus tu me dis que tu t'emmerdes, à présent, qu'on te met au placard… Tu n'es pas comme eux. Tu avais un idéal, rappelle-toi : tu me parlais de ces enfants des rues que tu avais vus, qui buvaient et se lavaient à même un tuyau cassé, en Inde je crois, ou au Bangladesh… Tu voulais changer ça. Et te voilà l'auxiliaire de gens qui ne pensent qu'au fric. »

Après un silence, Lafont lui répond d'une voix douce. « C'est un peu rapide… L'entreprise, ce n'est pas le mal. C'est le moyen d'agir. Je ne suis pas très à l'aise, c'est vrai. Mais tu crois que dans les pays pauvres, la gestion publique de l'eau, que défendent tes amis, est une panacée, ou même une solution ? Les sociétés publiques de ces pays sont des garages à copains et à coquins où l'on recase des types prêts à tout et bons à rien, des politiques sans emploi, leurs copines et leurs comparses… Des nids à corruption bien pires que nos concessions. Rien ne progresse, l'argent s'évapore, l'accès à l'eau stagne, pardon pour le jeu de mots, l'assainissement reste inexistant… Cinq millions de gosses en meurent chaque année. Mais tes copains altermondialistes s'en foutent, de ces gosses qui meurent : tant que la gestion de l'eau est publique, que l'idéologie est sauve, ils se foutent du reste. Leur obsession, ce ne sont pas les niveaux de service ou les gens privés d'eau, c'est de cogner sur la gestion privée… Nous, on doit en passer par les farces et attrapes, mais on essaie tout de même de faire progresser tout ça. Et puis tu sais, le code pénal me fait bien rire : corruption active, corruption passive… Qui leur expliquera que c'est l'inverse, que celui qui a la main, qui impose tout cela, celui qui érige une barrière à son profit avec le pouvoir qu'on lui a confié et fixe le prix pour la franchir, celui qui plantera ceux qui ne sont pas passés au guichet, sans jamais se dévoiler publiquement, celui qui tire les ficelles et qui pourrit le monde, ce n'est pas le corrupteur, c'est le corrompu… L'*actif*, c'est lui. Moi tu vois, je ne fais pas de commerce, je n'ai pas besoin de me salir les mains, mais je vois mes collègues qui se débrouillent et se tourmentent avec ça, qui rament pour l'entreprise dans la vase du monde en craignant que leur femme et leurs gosses, un jour, ne les voient menottés, déshonorés… Alors c'est vrai, comme à la guerre où des sadiques se révèlent, il y en a qui aiment ça, qui s'en délectent, il y en a même sans doute qui touchent pour eux-mêmes, comme les intermédiaires pourris de l'armement, du pétrole et du reste. Mais pour la plupart, mes collègues sont des types ordinaires qui veulent réussir ce qu'on leur demande, et godillent dans une rivière de merde en essayant d'éviter les mines qui flottent entre deux eaux… »

Un silence.

« Et tu ne pourrais pas rejoindre une agence de développement ? Essayer d'améliorer, même un peu, cette gestion publique ?

— Peut-être. Mais elles n'y arrivent pas, par l'assistance technique. Elles ne vont pas au cœur du problème, qui est le pouvoir. Les profiteurs incrustés les font travailler, avec notre argent, l'argent de l'aide au développement, mission sur mission, rapport sur rapport. Les rapports passent, les problèmes restent. Et plus ils en consomment, de l'assistance technique, plus ils se donnent le beau rôle. Ça tourne en rond. Et puis je vieillis… Passer ma vie dans les avions pour conseiller ces gens, essayer de les bouger sans avoir le pouvoir de le faire vraiment, fermer les yeux sur leurs combines en faisant pour eux des plans d'investissement ou des schémas directeurs ?… Mieux vaut une bonne concession : au moins, tu as des leviers en main pour agir. »

En disant cela, Lafont songe que sans doute il ne partira plus pour un de ces pays lointains où tout est à faire, même sur une concession. Que la Compagnie Fermière n'investira pas en monnaie forte dans les infrastructures de pays risqués, instables. Que son idéal de jeunesse n'est plus qu'un horizon fantôme, une chimère qu'il voit s'éloigner depuis son bureau triste, dissoute dans l'indifférence générale. Une seule chose se dessine, innommée mais bien réelle, tandis qu'il tisonne le terrier des ombres : le temps qui a passé. L'ombre portée d'une fin de vie anonyme, rétrécie, étend ses emprises sur ses journées de travail. Et ces horizons flous mais heureux qu'avait fait naître, à l'époque, son entrée à l'École polytechnique sont à présent figés par cette lumière froide qui, de loin, annonce et précède la mort.

*

Rien ne combat plus chez le Président un sentiment d'exil intérieur. Dans son grand bureau dont on ne pousse plus assez la double porte, il s'éloigne, par la force des choses. La pensée lui vient que certains vieux despotes ont dû vivre cette dérive solitaire derrière les portes de leurs palais. Mao, par exemple… Comme si la crainte qu'ils inspiraient s'était peu à peu détachée de l'exercice du pouvoir, et flottait à présent comme un iceberg mystérieusement séparé de la banquise nourricière, porteur d'une menace confuse. Même les fleurs renouvelées chaque matin lui évoquent, ce matin-là et sans qu'il sache pourquoi, une couronne mortuaire.

Il a mal dormi. Dans ses nuits, deux figures reviennent souvent. La grande statue est la plus ancienne. Une sorte de Sphinx silencieux qui apparaît dans certains rêves, au moment, à l'endroit où l'on s'y attend le moins, parfois tout proche, parfois aperçu sur la ligne d'horizon, entre un bosquet d'arbres et une colonnade. Comme certaines ruines dans la peinture de Poussin… Adolescent, le Président avait visité les ruines de Mycènes. Ces portes monumentales, étroites, lui étaient apparues comme les fentes par où se laissait entrevoir la part obscure du Monde ; une souveraineté noire, hantée. C'est à ce moment-là que la grande statue était apparue dans ses rêves, assise très droite à la façon des dieux égyptiens. Il sentait que son apparition était un signe. Un signe qui s'adressait à lui, mais pour lui dire quoi ? La trame du rêve s'en trouvait modifiée, et ses ondes changeaient de visage. La statue l'invitait, de l'intérieur même du rêve, à en chercher le sens caché, mais elle gardait le silence. Il lui semblait même, avec le temps, que sa présence avait je-ne-sais-quoi de protecteur et de familier. Ces derniers temps, la statue a disparu.

L'autre visiteur nocturne est le cartomancien. Un nuisible invasif : il exaspère le Président qui, dans sa vie d'éveil, déteste les tarots, fuit comme la peste les diseuses de bonne aventure, interprète toute complaisance à l'égard des pratiques superstitieuses ou divinatoires comme un signe sûr de stupidité. L'intrusion régulière dans ses rêves de ce personnage qui veut prédire son avenir, et lui parle avec cette gouaille ironique que donne la certitude de l'emprise exercée sur un être, lui est insupportable. L'apparence du cartomancien est par ailleurs exempte de toute trace de folklore manouche ou oriental, vierge de tout symbole kabbalistique reconnaissable : c'est au contraire un personnage habillé comme lui, en costume trois-pièces, d'apparence banale, avec quelque chose du rond-de-cuir d'autrefois ou du commis voyageur. Sa voix un peu nasillarde, haut perchée, ses accents faubouriens et ses boniments annoncent au Président toutes sortes de complications désagréables. Et il fait plus. Ayant échappé au monde de la nuit qui l'a vu naître, il empiète à présent sur ses jours, devient une sorte de commentateur des faits et gestes du Président : il lui parle en voix off comme un double sarcastique, une sorte d'acouphène malveillant qui le suit partout, surgissant à l'improviste pour lui rappeler les pulsions obscures qu'il s'efforce de discipliner et la violence acide de son regard sur la comédie humaine.

Cette nuit-là, dans son rêve, le cartomancien lui a annoncé en ricanant que l'entrelacs des affaires va étouffer la Compagnie Fermière de France. Il l'a pris par la main dans une apesanteur bizarre et lui fait survoler des plaines inondées par la crue d'un fleuve : étendues d'eaux boueuses, pleines de noyés en costume cravate. Le Président lui a enjoint de ne plus apparaître. Le cartomancien, glacé par l'outrage, a sorti de sa poche un jeu de cartes et, dans un mauvais sourire, en a disposé quatre, face contre table. Le Président a voulu s'enfuir, mais aucun de ses membres ne lui obéissait, et la main fine du cartomancien a retourné les cartes une à une, sans quitter le Président des yeux. La mort, bien sûr, était au bout.

*

Chacun pour soi, les dirigeants de la Compagnie consultent les administrateurs. Certains actionnaires… Et les *incontournables* du capitalisme français. Petitjean surtout, qui veut être auprès du Président la voix des marchés et de la raison financière, et, symétriquement, faire entendre au marché qu'il est leur homme dans le groupe et sera, le moment venu, si on lui donne les clefs, celui qui liquidera les mauvaises habitudes.

Il commence par deux patrons de sociétés cotées, administrateurs de la Compagnie, celui d'un groupe de technologies et de systèmes d'armement et celui d'une banque. Ils lui parlent un langage convenu, réaliste, sans fioritures ni morale inutile : il faut couper la branche, rappeler les chartes d'éthique et leur contrôle effectif, annoncer le départ de ceux qui ne les ont pas respectées. Il faut au moins ça. Le plus tôt sera le mieux.

Puis il parle à Robert Marlik qui, depuis vingt-cinq ans, est le ludion diabolique du capitalisme français. Niché au cœur de cette nomenklatura consanguine, il conseille tour à tour les importants du CAC 40, les épatant par un esprit mobile, dansant et piquant comme une guêpe. Lové dans un angle de son canapé dans un grand bureau près de la place de l'Opéra, il semble narguer le monde à la façon d'un petit singe perché sur l'épaule d'un géant invisible : le marché. Il rend ses oracles d'une voix altérée par un léger fausset, le regard brillant et complice. Et quand il a, le jour durant, lâché ses fatwas vénéneuses, il bâcle la nuit des essais sur des sujets de société, qu'il envoie dédicacés à ses clients, louis-philippards ébahis par sa virtuosité. Il y fustige sans relâche ces coteries incestueuses sans lesquelles il n'aurait pourtant rien été d'autre qu'un mercenaire sans emploi. Tous ces braves gens, emboîtés dans des liens d'intérêts, forment ensemble une longue chenille liée par l'entre-soi à laquelle Marlik, cornac et mouche du coche, passe sans relâche le gant de crin. La grosse bête annelée frémit de se sentir frictionnée avec cette vigueur abrasive. Chacun des importants à qui il fait, en tête à tête, une cour assidue, se sent flatté qu'un homme à la médisance si proverbiale, à l'esprit si acéré, le trouve, lui, si particulièrement intelligent. Depuis vingt ans, il en a tiré un modèle économique robuste : il fustige en gros, gratuitement, et flagorne au détail, à des prix élevés. Ceux qui se sont une fois attaché ses services le paient ensuite, sous des prétextes divers, dans l'espoir de ne pas être victimes à leur tour des astuces dont il fait commerce.

« Alors, le canal historique se rebelle ? demande-t-il en rigolant à Petitjean, qui esquisse un sourire en retour.

— Ils ne veulent pas faire autrement. Ils ne savent pas…

— Évidemment qu'ils ne veulent pas. Aucun dinosaure ne coopère à son extinction. Et puis c'est leur culture, ils adorent ça, en fait, les magouilles ! »

Petitjean reste silencieux.

« Il faudrait quand même être sérieux ! Votre cotation à New York, c'est dans deux mois. Si les Américains ouvrent une enquête, c'est foutu. Vous avez trois semaines pour faire le ménage, pour couper, pour cautériser. Pas trop de com'. Pas trop peu, non plus. Il faut traiter ça comme un truc banal : deux ou trois types ont déconné, vous vous en séparez, cela doit apparaître comme un automatisme, fermez le ban. Le marché aime les procédures, les automatismes : vu de loin, ça rassure. Donc, la procédure, la routine des gens sûrs, des gens qui ont compris la règle du jeu et dont la main ne tremble pas ! Votre Compagnie Fermière, pour les analystes financiers anglo-saxons, c'est une bizarrerie gauloise. Vos cash-flows les fascinent : ils parlent une langue objective, la seule qui les intéresse vraiment. Mais ils ne comprennent rien à vos recettes, à vos farces et attrapes, et ça les inquiète. Ils soupçonnent que tout cela est assis sur un tas de combines franchouillardes. Un sac de nœuds opaque. Les analystes vous scrutent mais ont peur de dire à leurs clients d'acheter, et de voir sortir ensuite des trucs puants qui feront chuter votre cours en quelques heures. Ils se méfient. Eh bien c'est exactement ce qui risque de vous arriver, au pire moment.

— Je sais, dit Petitjean. Mais à la Compagnie, beaucoup ne me pardonneront pas de sacrifier les grognards. Les vieilles bandes sont vent debout, les réseaux internes sont à la manœuvre : ils n'attendent que ça pour ouvrir le feu sur moi. On a beau leur dire qu'on n'a pas le choix, tout le monde croit que c'est moi qui veux laver plus blanc pour protéger mon avenir de tout risque pénal, et régler mes comptes avec les anciens en étalant leur linge sale sur la place du marché. »

Marlik sourit, se dit qu'ils n'ont pas tort, ceux qui disent cela.

« Tu n'as pas le choix... » dit-il en se levant pour prendre un appel urgent, qu'il fait mettre en attente pour raccompagner son visiteur.

*

Le Président, lui, devise avec l'héritier d'une grande fortune, actionnaire de la Compagnie Fermière à travers sa holding familiale. Son empire porte son nom. Il s'exprime doucement, avec un mélange de flottement et de distance courtoise.

Le flottement vient de ce qu'il a intériorisé l'imprévisibilité du monde, l'irrationalité de certaines conduites. Comme les vrais scientifiques, il aime mettre l'accent sur ce qu'il ignore, avec une sorte de coquetterie, d'humilité vaniteuse.

Car enfin ses mots, naturellement, sont lestés du poids de sa fortune. Le chaos du monde, l'incertitude du sort, le peu de connaissance qu'il a, bien souvent, du fond technique des activités qu'il brasse, tout cela est acquis, accepté par principe. Un fatalisme souple y pourvoit, et des gens qu'il paie pour ça. Il aime donc douter à voix haute et parle de ce qui lui échappe avec une distance prudente, presque modeste, y voit un témoignage supplémentaire de son intelligence et, pour qui sait écouter, la marque discrète de sa force. « C'est peut-être comme ça que cela se passe, ou qu'il faut agir. C'est peut-être autrement… » L'homme d'argent avisé ne doit pas affronter la force des choses. Juste la pressentir, si possible avant les autres, s'en prémunir et, si faire se peut, la mettre de son côté pour en tirer quelque profit. Le doute est donc utile et sa sœur inquiète, la méfiance, nécessaire. Seuls les imbéciles assènent et foncent au lieu de réfléchir.

La distance, elle, vient de la neutralité morale de son univers. Le bien et le mal en sont un peu effacés. Toute misère du monde n'est-elle pas, au fond, la contrepartie malheureuse d'une liberté utile, le préalable historique nécessaire à de lointains progrès qui exigent le sacrifice de quelques générations laborieuses ? Certes, les richesses sont très inégalement distribuées, et la valeur parfois extraite au prix de vies sacrifiées ; peut-être telle ou telle façon de faire entraînera-t-elle une crise boursière qui ruinera les petits épargnants et pas les gros investisseurs, probablement la crise écologique détruit-elle peu à peu le vivant dont nous dépendons. Rien de tout ceci n'est vraiment nié… Ni confirmé, d'ailleurs. Simplement, on n'est ni meilleur ni pire qu'un autre, on prend les choses comme elles sont, on essaie de bien les comprendre et comme on est du bon côté de la force des choses, il n'y a pas matière à la dramatiser : il y a mieux à faire. Agir, avec doigté.

À cela s'ajoute l'arrogance, moins apparente mais inflexible. Elle tient à cette conviction que l'argent, tout de même, dessine l'ordre du monde. Or c'est de là qu'il parle, depuis cette coulisse opulente où les choses se décident vraiment, et l'on serait bien inspiré de le comprendre sans qu'il soit besoin de hausser le ton. Seuls les idiots ignorent cette force des choses dont les maîtres savent lire le tracé mystérieux.

Donc, l'héritier regarde le Président, lui sourit, ne dit rien. Puis susurre « Où il y a juge il y a danger, bien sûr. Mais enfin on dirait que c'est une chose assez périphérique, ce que tu me racontes. Un ou deux types perdus dans un pays perdu... Les enjeux sont lourds pour ton groupe, à cause de la cotation à New York qui arrive... Tu dois pouvoir cautériser, non ? ».

*

Il va falloir, en effet.

Ils sont tous là, dans le bureau du Président, autour de la table ovale qui sert aux réunions informelles. Petitjean parle depuis quelques minutes, et tout ce qu'il dit conduit à une conclusion sans appel : ceux qui n'ont pas respecté les chartes éthiques de la Compagnie concernant les conseils doivent partir. On ne peut pas plaider la bonne foi. Il faut couper la branche, vite, pour ne pas jeter une ombre sur la cotation du groupe à

New York. C'est triste mais c'est ainsi. La seule question est de savoir qui doit être sur la branche, et si Terrier suffit. Puy-Roquette n'a fait qu'arranger les contacts depuis l'Italie, relève-t-il dans une concession discrète au canal historique… Lafont est une victime collatérale, mineure, et l'on peut hésiter. Mais veut-on le garder, de toute façon ? Ferone est dans le coma, pas pris dans l'enquête, pas cité en lien avec le Bouzmirstan : on le protégera. Il faut communiquer là-dessus, montrer qu'on n'a rien à cacher. Montrer que les chartes de déontologie ne sont pas un écran de fumée, mais une réalité, une chose sérieuse.

Laporta regarde ses chaussures. Son regard noircit, et des lueurs de rage s'y succèdent. Il est pris au piège. S'il défend Charter, on l'accusera d'être l'homme du vieux monde, des vieilles méthodes, pas celui d'un avenir digital et *compliant* dans lequel tout cela est condamné. Merci au canal historique, et place à autre chose… Desmauges et lui se regardent. C'est Desmauges qui va parler. Il s'en fout, Desmauges. Il part bientôt à la retraite. C'est Wotan traînant sa lance, borgne couturé de cicatrices, pris au piège de ses intrigues, serrant entre ses mains un reste de foudre. Quand Petitjean termine sa démonstration, Desmauges s'agite un peu sur son siège, s'éclaircit la gorge, rougit et dodeline de la tête. Le baroud d'honneur lui revient et le déshonneur, songe-t-il, n'est pas là où on croit.

Le Président l'observe, et attend qu'il se lance.

« Écoutez… Terrier n'est pas un aigle, et il s'est perdu en chemin. J'y suis sans doute pour quelque chose… Si l'on veut trouver un relais de croissance à nos affaires françaises, dont les marges s'érodent, c'est ailleurs dans le monde qu'on le trouvera. Et ce monde, il faut le prendre comme il est. Sinon, d'autres prendront notre place. J'aurais dû le cadrer davantage, pas le laisser faire avec Puy-Roquette. Le Bouzmirstan, c'est peut-être trop loin. C'est pourri. Ok… Mais aujourd'hui c'est là que la Banque mondiale veut que nous fassions la preuve que notre modèle de concession change les choses. On peut virer Terrier. Mais on n'a jamais laissé tomber un cadre inculpé. Jamais. Votre charte de déontologie, je l'ai lue. Il en faut peut-être une de nos jours, celle-là ou une autre. Soit. Elle nous permet de renier et de poursuivre tout agent, tout conseil qui ne respecterait pas les règles de l'OCDE sur la corruption et le reste. Mais nos relais et nos conseils dans ces pays savent lire, aussi. Tous ne sont pas prêts à prendre les risques à notre place. Cette hypocrisie les fait ricaner, les ancre dans l'idée que nos sociétés sont des constructions cyniques, qui sous-traitent leur part de merde à des gens comme eux. Pourquoi travailleraient-ils avec des gens qui, par contrat, renient par avance ce qu'ils leur demandent en réalité, et se préparent à les planter à la première difficulté ? Certains acceptent, en nous méprisant. D'autres non. On veut venir chez eux, on veut y assurer des services publics essentiels, y gagner de l'argent, mais on ne veut pas de leurs mœurs salissantes. Qu'ils se débrouillent avec ça, entre eux, à leurs risques ; vos chartes disent cela : à nous le propre, à eux le sale. Ils le comprennent. Et ça, ce sont les conseils extérieurs. Mais nos gars à nous ne sont pas dupes non plus. Terrier est un commercial à qui, toute sa vie, on a demandé de se débrouiller avec tout ça et de faire la part des choses, loin des regards. D'ajuster nos contraintes et les mœurs locales, au loin, pour le compte d'actionnaires qui en veulent toujours plus et qui, de tout cela, détournent leur regard, se pincent le nez quand sort un truc qui pue. Terrier n'est pas un mauvais type… On en a plein, comme lui, qui observent. Si on lâche Terrier, on les lâche tous, par avance. Ils ne bougeront plus, ne prendront plus un risque. Vous croyez que le monde va changer en une nuit pour s'accorder à votre *compliance* et aux fables de la Banque mondiale demain matin ? C'est plutôt l'inverse qui se passe. Partout les appareils de force, les monopoles privatisés, les médias contrôlés, convergent pour fabriquer des pouvoirs politiques ambigus, violents, pressés de se remplir les poches. Ces gens-là prennent la rente là où ils la voient. Ils en ont besoin… Ou on prend le monde comme il est, ou on reste chez nous. Moi, j'ai compris que rester chez nous n'était pas une option. Mais au fond faites ce que vous voudrez, je m'en fous… Mon époque est passée, je crois. »

Suit une longue discussion. Chacun rend hommage au réalisme de Desmauges. Laporta surtout. Mais on se rend à l'évidence, à la force des choses : on ne peut pas mettre en risque la cotation du groupe à New York. La presse est à l'affût, Dunaire a essayé de joindre plusieurs dirigeants de la Compagnie. C'est plié.

*

Le verdict est tombé : Terrier et Lafont devront quitter la Compagnie. Ils pourront négocier leur départ dans de bonnes conditions. Puy-Roquette part à la retraite anticipée, discrètement. Jérôme Lafont est triste. La veille, il a montré à ses enfants des photos de famille. Sur certaines on le voit dans les années soixante-dix, gamin sur le sable de Pornic, bouille joyeuse et regard espiègle. Dans une autre lumière… Et d'autres, plus tard, jeune homme, à Polytechnique, souriant dans son uniforme mal coupé, joufflu mais mince encore sous le bicorne. Puis ses enfants sont partis dormir. En se déshabillant, il s'est aperçu dans la glace : la bedaine en dévers à l'avant du slip, un corps sillonné d'affaissements. Du poil dans les oreilles et le visage gris, vaincu. Un regard morne, scrutant dans le miroir les étapes de son extinction. Il s'efforce d'être lucide, sans résignation. De mettre cette tristesse à distance. Mais elle est trop grande pour lui à présent. Ou bien c'est lui, peut-être, qui est devenu trop petit pour elle.

*

Il est sept heures du soir, les portes des trois ascenseurs tintent, s'ouvrent et se referment sans discontinuer. Au fond du hall en marbre gris de l'hôtel Hilton, quelque part en Europe de l'Est, derrière une colonne carrée flanquée d'appliques en métal doré, Charter prophétise devant une table basse, un whisky à la main. Un peu ivre, Lafont l'écoute, les yeux dans le vague. « Voilà ce qu'on est mon vieux : des lampistes, des soldats perdus, sacrifiés à la cause. À la guerre sainte du pognon. Au djihad du fric… On presse le citron, on jette l'écorce… L'écorce, c'est toi et moi… » Sur le visage joufflu de Lafont passe une grimace d'enfant perdu. Il veut dire quelque chose, se ravise. Se tait. Il trouve que c'est des phrases, tout ça. Il se dit in petto que Charter n'aurait rien pu faire d'autre que du commerce et qu'il en a bien profité, tout de même. Tandis que lui, l'ingénieur doué, s'est perdu en chemin… La vérité est plus simple : c'est à peu près fini. Leurs vies, à l'un comme à l'autre, n'auront été que cela. Et cette tristesse qui suit Charter depuis toujours pèse sur ce hall. Dans l'isoloir que composent, autour de lui, la lumière crue, le verre d'alcool qu'il tient à la main et l'indifférence des valises à roulettes qui passent autour d'eux, une pensée lui vient : ce lobby au clinquant minable du Hilton, c'est la salle du trône. Celui d'un roi invisible, l'argent, dont le règne flou prépare, pour des figurants comme lui, ces décors ordinaires.

*

Le Président entre lentement dans sa piscine. Il descend les degrés de l'échelle, marquant sur chacun d'eux un léger temps d'arrêt. Ses gestes précis expriment une assurance que la fragilité de son vieux corps, très pâle, ne dément pas. Dans la lumière de septembre, un oiseau fait entendre, de loin en loin, la même note insistante. Le dallage a été balayé mais quelques feuilles jaunes sont tombées depuis, qui volètent de loin en loin, au gré du vent. Le Président est seul. Il nage avec lenteur, presque immobile, la tête très droite hors de l'eau, déployant avec précaution ses bras maigres, propulsant ses jambes par petites saccades. Dans le viseur, le tireur voit bien le regard bleu et dur, impassible derrière les verres épais des lunettes, la moue dédaigneuse, les plis de la bouche, et quelques mèches blanches, très fines, qu'un souffle de brise soulève par instants. Malgré les abords déserts et le silence, il est frappé par l'attention impérieuse que connaissent bien ceux qui, depuis tant d'années, travaillent avec lui. « Lève bien la tête, grenouille… comme ça… » murmure le tireur. Il est prêt. Il ne pense à rien, savoure à son insu la fraîcheur si calme de ce petit matin. En fixant cet étrange gibier d'eau, il pense aux ragondins qu'il a souvent tirés dans les marais du Lazio, au sud de Rome. Ils disparaissent dans l'eau trouble juste après l'impact, mais bientôt une trace rougeâtre se forme, avant que n'émerge le dos bombé de la bête morte.

Il épaule son arme.

Mais au milieu du bassin, le Président cesse de remuer. Après quelques instants, pendant lesquels le tireur croit observer un petit mouvement bref, incoordonné, de ses bras, comme une secousse, il reste immobile, en surface d'abord, puis un peu en dessous, le visage immergé, le corps en diagonale, entre deux eaux. Le tireur attend. Le visage n'émerge pas. Trois, quatre, cinq minutes passent. Le doute n'est plus possible. Il s'est noyé, foudroyé peut-être par un arrêt cardiaque.

Il remet le fusil dans l'étui, et s'éloigne calmement.

Zéphyr a sauvé la princesse Isabelle. Suivant la piste des Gogottes et les conseils de Crustadèle, il apparaît dans leur île au moment où Polomoche, excédé, apostrophe sa prisonnière :

« Singesse, je t'ai enlevée parce que je te croyais drôle, et tu pleures toujours ! J'en ai assez, je vais te changer en caillou ! »

Caché derrière les gros cailloux où l'on devine le sort subi par ceux qui n'ont pas su distraire Polomoche, Zéphyr surgit en costume de clown, et fait tant rire les Gogottes qu'ils s'endorment, épuisés et ravis. Alors il emmène Isabelle, et vogue avec elle vers le rivage où les attend une vie heureuse.

Qui, après lui, viendra distraire les Gogottes de leur ennui ?

*

Observant sans amertume la vie qui se retirait de lui, goûtant avec humour ses derniers fragments, Yuan Mei observa, jusqu'au dernier instant, ce qui, tout ensemble, s'allège et s'alourdit quand les ombres s'allongent.

« déjà sonne la cloche du soir, la journée s'est écoulée

Incessamment, des papillons et des terrasses je vais prendre congé

La montagne fleurie et les oiseaux essaient de me retenir »

Un soir de l'hiver 1797, les oiseaux renoncèrent, et le laissèrent à sa béatitude.

*

Tout lâchait Hank Williams dans ses derniers mois. Concerts annulés, trous de mémoire en scène, pertes de conscience. Entre deux concerts à El Paso, en 1952, son amie Minnie Pearl, restée à ses côtés pour le soutenir et lui permettre de remonter sur scène, le vit misérable, à bout de forces. Pour le réconforter, elle lui chanta « I saw the light ».

Il la regarda et lui dit seulement :

« Minnie… There ain't no light. »

Composition et mise en pages
Nord Compo à Villeneuve-d'Ascq

Cet ouvrage a été imprimé par
CPI Firmin-Didot au Mesnil-sur-l'Estrée
pour le compte des Éditions Grasset
en février 2024.

PAPIER CERTIFIÉ
Grasset s'engage pour l'environnement en réduisant l'empreinte carbone de ses livres.
Celle de cet exemplaire est de :
500 g éq. CO_2
Rendez-vous sur
www.grasset-durable.fr

N° d'édition : 23122 – N° d'impression : 178424
Dépt légal : mars 2024
Imprimé en France